天空透明地蓝

TIANKONG
TOUMING DE
LAN

得闲唱粤剧

张梅 著

ZHANG MEI
ZHU

羊城晚报出版社

· 广州 ·

图书在版编目（ＣＩＰ）数据

天空透明地蓝 / 张梅著. —广州：羊城晚报出版社，2016.6
ISBN 978-7-5543-0318-4

Ⅰ．①天…　Ⅱ．①张…　Ⅲ．①散文集—中国—当代
Ⅳ．①I267

中国版本图书馆CIP数据核字（2016）第119648号

天空透明地蓝
Tiankong Touming de Lan

策划编辑　朱复融
责任编辑　朱复融
责任技编　张广生
装帧设计　友间文化
责任校对　麦丽芬
出版发行　羊城晚报出版社
　　　　　（广州市天河区黄埔大道中309号羊城创意产业园3-13B　邮编：510665）
　　　　　网址：www.ycwb-press.com
　　　　　发行部电话：（020）87133824
出 版 人　吴　江
经　　销　广东新华发行集团股份有限公司
印　　刷　佛山市浩文彩色印刷有限公司
规　　格　787毫米×1092毫米　1/16　印张11　插页6　字数180千
版　　次　2016年6月第1版　2016年6月第1次印刷
书　　号　ISBN 978-7-5543-0318-4/I·281
定　　价　36.00元

2015年　张梅摄于云南香格里拉途中

2015年　张梅摄于卢沽湖

2015年　张梅摄于菲律宾吕宋岛

菲律宾吕宋岛风光/张梅摄

目录

哭泣的犀牛

一

从内罗毕到阿伯岱尔的树顶酒店车程三个小时，中途没有什么景色，都是非洲的原野。和刚刚离开的津巴布韦相比，肯尼亚的海拔要高得多，有一千七八百米，跟云南的海拔差不多。所以，这里的气候也是高原气候。这次到非洲三国，完全颠覆了我们从前对非洲的印象。在我们一向的印象中，非洲是一个非常炎热的地方，因此虽然出来之前都看了天气预报，知道那边的温度在十四度至二十度之间，但还是没有准备，大家都是带了夏天的衣服。其中一个团友甚至连长袖衣服也没有带。到了约翰内斯堡，已经是晚上了。一下飞机，大家都喊冷，原来只有八度。到了酒店，大堂放着暖气。进了房间后，我想不用那么夸张吧，就没有开暖气，盖着一张薄棉被，结果一晚被冻醒了两次，但因为太困，也没有起来开暖气，第二天就有点感冒了，再一问，所有人都被一下飞机的冻冻怕了，一进房间就开了暖气。只有我还扛着。于是第二天晚上我早早就开了暖气，美美地睡了一觉。因为是南半球，我们去的时候非洲应该是深秋。但当地的人不讲春夏秋冬的，只分雨季和旱季。半年雨季，半年旱季。哈拉雷的导游跟我们说，这里的旱灾是坚决地不下雨，尽管乌云密布，但就是一滴雨也不下。但一到雨季，就天天下个不停。旱季和雨季，这才是我们应该认识的非洲。而所有的旅游书都告诫你，要去非洲就一定要旱季。因为只有那个时候动物才会出来，因为它们要出来找水喝；而在雨季，天天都下着雨，动物躲在草原中，舒服得很，根本就不出来。而且雨季蚊蝇多，传染病也高发。于是我就想起在云南，人们也经常讲雨季和旱季，他们也叫游客旱季来，倒不是为了看动物，而是因为雨季道路经常塌方。

　　我们这次去，正好是雨季刚刚结束，旱季刚刚来临。我去的时候就很忧虑，这个时候到非洲，那些可爱的动物还喝得饱饱的，不出来怎么办？不就白去了。但也没有办法，只好抱着碰碰运气的心情，好相机也没有心情带。在南非和津巴布韦，都是已经转到旱季了，特别是津巴布韦，汽车一出哈拉雷，公路两旁就是我们经常在《动物世界》里所看到的枯黄的非洲大草原。到处都是平顶的金合欢树，这种树很像我们这里的凤凰树，只是形态更为漂亮。在《走出非洲》这部电影里我们就经常看到她的丰姿。从哈拉雷到石头城，汽车永远都走在这种非常典型的非洲草原之中。我们从南非飞往津巴布韦的时候，我在飞机上看到地下是枯黄一片，心里就很奇怪，不是说非洲是大草原吗，怎么什么树木都看不见？心里一沉，非常的失望。到了地面，才知道非洲的草原其实都是灌木、一片片低矮的树木，而且一到旱季，草马上发黄。所以在飞机就什么也看不见。而全世界最多的动物就生活在这片枯黄的灌木丛中。

二

　　我们记忆中的非洲或者是我们经常在广告里看到的非洲的画面，最多的就是在黄色的原野上，一棵平顶的金合欢树下，一只猎豹在向我们回望。对于金合欢树，给我以第一印象的是在电影《走出非洲》里看到的迷人景色中的金合欢树。其实我一直以来也不知道这种植物的名字，也是因为这次要去非洲，做了功课，才知道这种美丽的树木是叫这个名字。而当我在纳库鲁见到的那只金钱豹并不是躺在金合欢树下向我们回望。当时的情景是这样的，当我们在纳库鲁的酒店住下后，啊，那个酒店真的是好酒店，每个房间都有露台，你可以坐在自己房间露台的躺椅上看着纳库鲁湖上的水汽和美丽的景色。我进了房间，先是赶快洗了一个澡。导游告诉我们，这里的水和树顶酒店的水一样，非常的美容。因为有大量的碳酸纳和碱，可爱的火烈鸟就是因为喜欢这层厚厚的苏打和碱结成的壳而待在这里。所以我要抓紧时间先洗个美容澡。刚进来的时候，看到酒店的水吧外有游泳池，池水非常清澈，一群白人穿得很少地在那里晒太阳和游泳。我这次来也带了泳衣，但是看到太阳如此猛烈，还是不敢去游泳。这点白种人比我们黄种人有优势。他们长期待在缺少阳光的地方，所以一有机会就去晒。再讲回猎豹。我们一下车，导游就说，你们先回房间休息，等到四点钟后再坐车去看动物。树顶酒店如此，这里也是如此。看来非洲的动物都是要在下午四点以后才出来闲逛。当然这指的是猛兽。低级一点的动物时时都在。像我们进纳库鲁的路上，就见到了一群群的斑马和羚羊，还有一群群的野牛。偶尔看到野猪。这里的野猪没有阿伯岱尔多。在路边还看到一只大乌龟，伸着脖子欢迎我们。开车的黑人说，我们运气很好，他在这里十年了，还是第一次看到野龟。在去纳库鲁的路上，我们一再问导游，我们这次能看到什么动物，她说不好说。比如说像狮子猎豹这种动物一般来说很难见到。所以我们都不存幻想。特别是我，见到这么一大群斑马已经心花怒放，拿着相机拍个不停。斑马身上的颜色太鲜艳了，完全是像涂上去的一样。

四点钟后，我们坐上自己来时坐的车，发现已经变了样。原来这种车子是可以把顶撑起来，变成敞篷车，游客可以站起来，头伸出车顶观看动物和风景。车子刚开出不久，就往后倒，我们都以为司机是走错路了。看到前面的车子也在往后倒，司机的对话机在响。原来是说在前面的树下发现了两只狮子。于是大家一下子都兴奋起来，三个人都站了起来。远远的在平顶的金合欢树下，一左一右地躺着两只狮子，虽然远，但看到它身上的皮毛在闪光。旁边朋友的相机很好，镜头能捕捉这么远距离外的狮子，于是我们看到右边的狮子正四脚朝天地躺着。左边的狮子则安静地趴在树下，身材要小一点。两只狮子的形态都很悠闲，看上去都肥肥的。估计也不饿。离它们不远，一群群的斑马和羚羊在安静地吃草，狮子也没有去攻击它们。车子慢慢地走，我们慢慢地欣赏狮子。

三

正当我们带着不舍的心情离狮子越来越远时，一只金钱豹就不声不响地走进了我们的视野，而且是那么的近距离，让我们看到了它的身上的著名的斑点。在那本全世界的旅游者手中都会拿着的《孤独的旅行者》一书中是这样写的："我们简直不敢奢望能看见金钱豹——非洲几乎神话般的野兽。不过，幸运之神这次站在了我们这边。"我和他一样，在纳库鲁，幸运之神也站在了我的这边。我们想象中的金钱豹，或者在无花果树下，或者在金合欢树下，它们最爱的是躺在无花果的树干上午休或者吃自己的猎物。于是，它的那身斑点总是隐藏在树干之中。而它现在突然之间出现在我们面前，在几棵灌木中休闲地走着，像我们某天在建设六马路逛街一样。而且，看上去它的心情不错。这时，非洲的天空，或者说是纳库鲁的天空并不是特别明媚，有一点儿阴阴的，这让摄影爱好者们都不大满意。他们都希望这时看到非洲的黄昏。就像我们在津巴布韦从石头城返回哈拉雷的路上那样幸运地看到红红的落日挂在黄色的非洲草原上的情景。但这只金钱豹好像并没有因为看不到落日而影响了心情。它很悠然地走着，也不看我们。它胖胖的，比起猎豹要大而且胖。太可怜了，我们认识动物都是在电视里。这时它身边的其他动物都消失了，它显得有点儿落寞。它看看周围，突然间就躺了下来，正好躺在一棵树下。这棵树有点儿稀疏，并不是无花果树，也不是金合欢树，只是一棵很普通的灌木。金钱豹躺下后很快就打起滚来，像在做瑜伽放松术。身边的同行马上举起相机。

我还是要告诉大家一个真相，这个真相就是我们不管在这里看到了什么动物，都会有一个真实的感受，就是看到了真实的动物的表情。因为以前看到的动物都是在动物园里，是被圈养的。那些动物都是不快活的，很郁闷，都在发呆。而我们在非洲看到的动物，每一只都有自己的表情。眼前的这只金钱豹也不例外。它此时的表情就是很淡定。这里的动物的表情都很淡定，不慌不忙。在纳库鲁最后见到的三只豺狗也是如此，当地人叫这种动物"土狗"。别看它们是低等动物，其实它们非常残忍，而且都是群体活动，群体攻击。在《动物世界》里，我就看到过一群豺狗围攻一只狮子，最后，它们终于把万兽之王消灭了，整个过程惊心动魄。当我们的车子刚走过，一只豺狗就不声不响地慢慢从我们身后的路走过去，从草原的这边走到那边，一只，两只，三只，四只。这四只豺狗都胖胖的，在它们的身上，散发出阴沉沉的气息。看到它们，几只羚羊马上逃离。看来它们的名声是很坏的。这四只豺狗一点表情也没有，一只与一只之间保持着一定的距离，而且不乱，像极了一支小分队。这时的黄昏已经有点暗了，四只豺狗肥胖的身躯慢慢地消失在纳库鲁的雾色之中。很奇怪，这四只豺狗给我留下了很深刻的印象。它们身上散发出来的气息，还有它们之间保持的距离，它们当时的表情。很深刻，甚至比狮子和豹都来得深刻。

四

当朋友知道我在肯尼亚的时候就发了一条手机短信给我，只有短短五个字："乞力马扎罗"。当时我正站在阿伯岱尔的树顶酒店的楼下听着导游在讲入住这个酒店的注意事项。那个导游一边讲一边很不满意地看着我的几个团友，因为他们正在四散开去拍照，只有我一个人站在原地听导游说话。这种场景已经在我的出国经历中多次发生，我也无可奈何。因为我的同胞们不知为何如此热衷拍照。而且拍出来的照片按照我的看法，和我手上的傻瓜机没有什么不同。他们不论是到土耳其、埃及还是印度，一下车就疯了一样地拍照，从来不听导游讲解。我看见好几次那些导游都几乎要骂出口了。他们不想知道他们将要看到的是些什么人间奇迹，只是一个劲地拍。我好几次对他们说，哎，买几张明信片不就行了吗？但是遭到他们很愤怒的反驳。但我还是想对他们说，起码你要尊重正在劳动的导游，不然他也会不尊重你。果然，从我出国的经历来看，全世界的人民已经越来越不尊重中国人，这跟中国的财富成反比。举一个例子，我们这次在津巴布韦的首都哈拉雷住的酒店是一流的酒店，建于1915年，酒店最美丽的地方是在餐厅外面的空中花园，鲜花怒放，与津巴布韦的天空相映生辉。说起这个哈拉雷，之前我们看过介绍，说是全世界最适合人类居住的地方排名第五，说是非常的漂亮。但我们来到哈拉雷的第一个晚上，全城停电，除了我们住的五星酒店有自己的发电系统，连手机也没有信号。我们当中的一个团友是手机迷。十几天的时间里永远见到他在盯他的苹果机抬不起头。于是他在哈拉雷就非常的沮丧。津巴布韦自从把白人农场主赶走以后受到了西方的制裁，整个国家的经济一塌糊涂。而他们自己的治理能力又低下，居然没有公共交通。整个首都都是"面的"，曾经发行过十几亿面额的货币，我去津巴布韦就已经有朋友托我帮他买这张十几亿面额的钞票。后来干脆改用美金。一个国家，货币居然是美金。还是那个问题。住入酒店的第一个早晨，因为睡得好，所以我精神抖擞地走到餐厅，想着好好品尝我最喜爱的五星早餐。当时就看到了那个著名的空中花园，于是就独自坐到了走廊的一张餐桌，也可以看到花园，空气也比坐在里面新鲜。这时，一个黑人侍应非常殷勤地招呼我，非常周到地为我上咖啡，上红茶，使我的这个早餐非常的愉悦。第二天早上，我看见几个团友坐在餐厅里面，我就和他们一起坐。叫那些黑人侍应上咖啡，怎么叫也不上，像聋了一样。更使人生气的是对面一个白人男性正很好耐心地看着我的笑话。哎呀，气死我了。由此对这间百年老店厌恶了。整个津巴布韦航空只有两条线路，一条飞伦敦，一条飞北京。我们去肯尼亚坐的是肯尼亚的航空。上了肯尼亚航空公司的飞机，马上觉得如沐春风。空姐又漂亮又和气，还有大象酒喝，红酒也比津巴布韦的好。津巴布韦是全世界最大的烟丝出口国家，中国很多烟草公司都在这里有办事处。在这里买一条当地最好的烟也才十美金。但是因为香港海关禁带香烟，我们都没有买。至于朋友叫我看的"乞力马扎罗"雪山，那座海明威也写过的雪山，我站在阿伯岱尔是看不见了。他们说，乞力马扎罗在坦桑尼亚和肯尼亚的交界。

五

　　树顶酒店之所以出名，当然是有好几个原因。首先，当年的它是建在一棵无花果的树上，只有两个房间。为的是能更好地观看动物。其次，当年的伊丽莎白就在这里发生了"树上公主，树下女皇"的故事。一个地方，因为有故事而闻名。但树顶酒店名不虚传。我太喜欢当年建起这个旅馆的人了，这个人太有趣，也太有想象力了。我们进入酒店的时候，已经是下午三点了。我们进了各自的房间，从贴着床的窗户可以看到下面的泥地上有几只野牛和野猪。这时已经到了酒店规定的喝下午茶的时间。我们从各自的房间聚集到酒店中间的咖啡室里，那里已经准备好了热咖啡、热牛奶、奶茶和曲奇。中国的游客肯定对这里的牛奶欣赏不已，因为它真的是像广告里说的，"又香又滑"。连我这个在国内很少喝牛奶的人在这里也一杯一杯地喝。在我的印象里，除了新西兰的牛奶，就数这里的牛奶香滑了。其中的原因我也不用多说了，总之到了非洲，就多喝牛奶。我们各自端着牛奶和咖啡，当然还有拿曲奇的。因我们在山底下已经吃得太饱了，虽然也很想尝一下这间酒店制作的曲奇，但已经是没有胃口去吃了。这时窗外的原野上，只有几只野牛和野猪，其他的动物都没有。一时间我们都以为这次在树顶酒店只会看到野猪在表演了。野牛不怎么动作，很安静。而野猪就翘起两只长牙颠颠地小跑，野猪跑起来很有趣。我们就一直看着野猪在跑。很快就到了四点半，酒店响起了铃声。意思是请客人们不要到下面的野地上去，因为大型动物开始来了。但是过了好一会儿，也没有见什么大型动物。我已经开始犯困了，就回房间休息。一会儿铃声大作，听见很多人咚咚咚往楼上天台跑的声音。因为天台风很大，又冷，幸亏来的时候收拾行李我把薄羊毛衣带上了。因为住在这个酒店不能带大件行李，只能带随身的东西。我把所有的衣服都穿上了，才没有那么冷。我没有上天台，只是在房间的走廊上看。这时看见一只大象慢慢地走了过来，我很兴奋。一个同伴从天台的楼梯上走下来，说看见对面的山坡上来了一大群象。他说："有四五十只。"果然一会儿，象群就出现在我们眼前，大中小哗啦啦地来了一群。我喜欢小象，两只小象在母象的身边走着，母象走一步，它也走一步。这群象在喝水，嬉戏，有着各种各样的动作。有两只大象打起架来，就在我们的楼下。它们打架是用象牙擦的，我们只听到象牙被擦得叭叭作响。一只野牛可能实在渴了，战战兢兢地走过来。一只中型的象马上走过去，象鼻平伸并发出吼叫。野牛马上止步，而且一动不动，好像被钉在那里一样。我们看着时间，一个小时以内，野牛的姿态没有动过。它一动不动，像一具雕塑一样。看样子它是被那只大象吓死了。

俄罗斯之前世今生

第一次听到叶卡捷林堡的名字，完全是陌生的。对于一个热爱俄罗斯但又没去过俄罗斯的人来说，提起俄罗斯，她首先会和俄罗斯的电影、小说、音乐以及油画，特别是十九世纪的风景画挂上钩。但莫斯科、圣彼得堡这两个城市的名字肯定是如雷贯耳了。

但叶卡捷林堡？听上去像一个旅游胜地，因为有一个"堡"字。在飞机上，我们讨论起这个城市，因为毕竟我们是去参加这个城市的城庆。我还自作主张地说，它在西伯利亚。在我们的记忆里，西伯利亚也是一个充满了浪漫情怀的地名，因为十二月党人。

因为从没有听说过这个城市，因此对它没有任何期望。也因此到叶卡捷林堡时，我们就为这个城市的似曾相识而吃惊。

首先是风景。我们到达叶市的时候，是下午时分。一到达叶市的地面，我们仿佛置身于一幅巨大的俄罗斯风景油画中，一望无际的白桦林，特别是天上的云彩，那么浓，那么厚，沉重的灰色令同行的画家欢呼不已。在叶市的四天，我们一直被它的云彩所吸引。怎么会有如此美丽的云彩？

而当你行走在叶市的街道上，你又仿佛回到了二十世纪五六十年代的中国。整个城市基本没有高楼，街道上行驶着一辆辆公共汽车——就是我们小时候坐的那种通道车，中间的通道还是打折的，车子拐弯的时候通道就会发出吱吱呀呀的声音。还有街道中间的绿化带、街心公园，还有人们身上穿的衣服，还有居民的住房。我想，如果哪一个导演要拍一部关于中国五六十年代的电影，把摄影机搬到叶市就好了。市政府安排我们参观的一家重型机械厂，天啊，里面的情景简直就和我在中学年代去广州造纸厂学工时一模一样，连工厂路边的树丛也如此相像。我甚至想起了我跟随的那个钳工师傅。而这座工厂真是太有历史了，蒋经国曾经在这里学习，认识了他的蒋方良，还有我们的江泽民主席也在这里学习过。

于是这时你就感觉到了现实的荒诞性。一个跟我们从未谋面从未相识的城市，怎么会跟你从小生活的那个城市如此相同？于是你就会恍然大悟，原来1949年以后的中国就是苏联的翻版，无论是政治制度，还是城市建设，还是一间重型机械厂，我们都是参照苏联来建设这个国家的。我们是生活在一个复制的苏联中，一个黄皮肤的苏联中，以至于我们到了一个陌生的城市会如此亲切，如此亲近，像回到了母亲的怀抱之中。这真是意外的收获。叶卡之行原来是寻根之行。

一个非常典型的场景，我拍下来了。场景是这样的，一个街心公园前有一排暗红色的长凳，长凳是木头做的，已经有了年月，长凳的颜色已经剥落，显得斑斑驳驳。长凳上空无一人。而长凳对着的街道上，停着一辆比长凳还要斑驳的公共汽车。那辆公共汽车实在是太残旧了，连我们这种从小在残旧中成长起来的人都看不过眼。残旧的公共汽车的远处是五彩斑斓的云彩，公共汽车在夕阳中闪闪发光。最巧的是，车头里趴着一个正在睡觉的司机。这样的一个城市精神状态，我真是太熟悉了。看到如此情景，我才知道为什么我今天的精神状态，从未振奋过，从未抖擞过，从未激扬过。前世是这样，就注定了你今生是这样。而且我甚至产生了一种想法，想留在这里不走了。对比起现代都市的喧闹和繁华，我还是爱这样的沉闷和无聊。因为我知道，只有在沉闷和无聊中，才会产生思想。

城庆的当晚，叶卡捷林堡放了焰火，焰火是在那条译成中文是"有很多鱼"的河流上空放的。叶市的所有居民，当晚都到了河边看焰火。于是当我们看完了焰火要回宾馆时，大街上是人山人海，道路堵塞。几辆电车卡在马路的中央，人们争着上电车。于是我又仿佛回到了小时候，我们去铁路文化宫看电影，看完电影坐1号电车回家的情景。也是马路上人头涌动，也是几辆电车卡在马路中央，也是挤不上电车，干脆就穿过人流步行回家。

八月的叶市，晚上已经凉了。有些居民已经穿上了皮衣。永远记得那辆黄昏中的公共汽车，车窗上一排毫无表情的面孔，眼神是麻木的。我仿佛看到了自己就坐在了他们中间，眼神也是麻木的。

白 夜

　　初识陀思妥耶夫斯基，就是开放改革之初看由他的名著《白夜》改编成的电影。已经忘记在哪家电影院看的了。但当时内心的激动现在还记忆犹新。圣彼得堡这座名城在电影里给我的印象完全就是一座水城。到处都是河流和拱桥，而小说里男女主角邂逅的地方，发生爱情的地方，还有男主角寄居的房子，都是在水边的。陀氏善于描写小人物的悲哀欢乐，这是他和托翁的不同。我现在还记得男主角的面孔，悲怜而又敏感，善良而又多情，看完电影，你完全被这个小人物的精神世界所震撼。这就是陀氏的魅力。近年，学术界有把陀氏的地位排在托翁之上。我个人以为这完全没有必要。他们两人的写作完全是视角不同的写作，托翁的写作是贵族的写作，他即使是关注下层人民的生活也是贵族情怀的关注。而陀氏写下层人的精神世界，却是那么复杂和卑微。

　　而今天的圣彼得堡，依然还是陀氏笔下的那座名城，一点也没有走样。灰色的石头建筑在内河边延伸，傍晚的时候走过，你依然会感觉到陀氏小说里的人物就在你身边走着。但你不会想到安娜·卡列尼娜或渥沦斯基会披着黑色的斗篷走在你面前。虽然现在的圣彼得堡车水马龙，但你依在桥边，仍然能想起两个世纪前的小人物的悲愤情怀。最近看导演某某拍的《冬宫》，一个45分钟的长镜头把冬宫的浮华和奢华表现得淋漓尽致。一开头就是冬宫金碧辉煌的金色长廊，那条金色长廊真是太辉煌了，然后是一群上流社会的时髦男女貂皮大衣衣香鬓影。想当年认识上流社会也是从苏联的小说认识的。

一个文学家，他对历史的贡献就在这里。因为陀氏的小说，我们会对圣彼得堡有了自己的想象，因为托尔斯泰，我们又会对俄罗斯那么了解。读过陀氏小说的人，对圣彼得堡绝对就不会像一般的游客那样只感叹于她的建筑和氛围，而会感觉到她的灵魂，她的脉搏的跳动，以及她发出的细小的呼喊。甚至听到那些细小的呼喊就发生在克山教堂的巨大的圆柱之间。这样的一座城市，就因了名家名著而增添了魅力。

圣彼得堡不仅有名家名著，还有名宅。陀氏的旧宅就在高尔基大街上，他用过的书桌上，还有天才留下来的手稿。还有普希金的旧宅，就在冬宫旁边的一条内河边上。宅前仍然有拱桥。那把诗人用来决斗的手枪还摆在那里，只不过是主人再也回不来了。

那陀思妥耶夫斯基热爱的小人物呢？

我们遇到这样一个。晚上我们在涅瓦大街的酒吧喝完了酒，听从圣彼得堡的人的劝告，说你要出租车只要在路边一扬手就行了。彼得堡很少有挂牌的出租车，即使有，那种出租车也贵得要命。而不挂牌的所谓"黑车"多得不得了。果然，我们在路边一扬手，马上有四五部"黑车"开过来，讲好价钱后，我们上了其中的一部。司机很年轻，一路上都嚼着香口胶。车子开了一半路，有警察拦车。我们想这下肯定坏了，可能是查"黑车"。后来见小伙子安全回来，便问他是怎么回事，他笑说没有事情，警察是查酒后开车。他开的那部好像是"拉达"吧。

想想陀氏要是还在，会不会把《白夜》的布景放在"黑车"上呢？但还是河边的拱桥有味道。

弗拉基米尔

离开圣彼得堡，我们下一个站的名字叫"弗拉基米尔"。我保准提到这个名字，百分之九十的中国人都会感觉到陌生。为什么会感到陌生呢？因为在了解俄罗斯的中国人中，除了莫斯科和圣彼得堡，别的城市的名字就很陌生了。就好像你在世界上提到中国，人家就只知道北京上海一样。

但画家们还是知道的。他们说，弗拉基米尔？知道，知道，俄罗斯有一个在世界上很著名的画派，就叫作"弗拉基米尔画派"。你看，还是和艺术有关。

而当你置身在弗拉基米尔，你就明白这里为什么会产生"弗拉基米尔画派"那样一种强调颜色和结构的画派了。因为身在弗拉基米尔，你就等于处于一种巨大的颜色氛围里。首先是蓝色和白色。在湛蓝的天空下，到处都是白色的石头教堂。这种白色的石头教堂和修道院，组成了弗拉基米尔的最著名的特点。白石教堂耸立在弗拉基米尔的任何地方，你只要使用照相机，你就可以在任何角度都看得见那些白石教堂，在城市的中心，在城市的边缘，在田野上，甚至在水中。有一座最美丽的白石教堂就在水中央。我是在参观教堂的时候买到一张她的明信片的。当时看到明信片里的她的风姿的我是那样的震撼。教堂是两层半，白色的石头因为年久已经斑斑驳驳，但还是那么迷人。在四周的微微泛光的河水中，在夕阳中，教堂顶上的东正教的金色十字架闪闪发光。当时我想，这就是俄罗斯最美丽的地方了。那么独特，那么安静，那么迷人。

但是要见到这位"美人"还真是不容易。首先你要花上一个多小时穿过一片田野。但说实在话，这一个多小时你绝对没有白辛苦。在俄罗斯的十五天里，我也只有在这个时候才亲身接触到俄罗斯广阔的田野，空旷、安静、肥沃的田野，还有几个俄罗斯妇女在田野旁边的小白桦林里卖俄罗斯方巾。这种俄罗斯方巾的手感有点儿像开丝米，我先生在十年前去俄罗斯的时候曾经给我买过一条是深灰色的，当时因为喜欢还舍不得用，到后来都长虫子了。在穿过这块田野去看那座教堂的时候，你会突然想起你儿时所熟悉的俄罗斯民歌。这些熟悉的曲调就在你踏着俄罗斯的田野的土地上的时候一句一句地在你的心中滋长起来。好久都没有这种美好的感觉了。

　　在另一座修道院的白石教堂里我还听到了最美妙的男声无伴奏合唱。当时那座教堂朴实无华，他们的歌声亦朴实无华，但你听着就觉得像天籁之音，那么纯净，像婴儿般纯净。五个穿着黑衣的教士站在教堂的中间，一个领唱，四个伴唱。天啊，我从来就没有听到过这么纯净的歌声，一点污染也没有。当时他们唱的是宗教的歌曲，歌声一缕一缕地升上教堂的尖顶，置身在这样的环境里，我想天堂的感觉一定也是这样。

普希金

到处都是普希金。在皇村的花园里，是托腮沉思的普希金；在圣彼得堡的街心花园里，是摊开双手的普希金；在莫斯科的阿马阿亚街上，是瘦小的普希金和他美丽的妻子。俄罗斯十九世纪是如此的灿烂，出了那么多艺术家，但在俄罗斯，却没有一个比得上普希金的地位高。看来，天才、热情、勇敢、浪漫是俄罗斯人热爱的品质，而普希金身上则是集结了所有的这些品质。

小时候是抄着普希金的诗歌长大的。他的《皇村之歌》、《生命之歌》，一首一首地抄在软皮的单行本上。还喜欢他的短篇小说《驿站长》，喜欢得不得了。我们这辈人，都是看着俄罗斯文学、听着俄罗斯音乐长大的。而我们这些深厚的俄罗斯情结，现在年轻的俄罗斯人肯定是无法了解的。另一个国度的人，讲着不同语言、完全不是一个人种的亚洲人，却对他们国家的艺术这么了解，对于他们来讲，可能是挺荒诞的一件事情。

在圣彼得堡看了冬宫，在莫斯科看了克里姆林宫，于是想着当年的天才诗人就是生活在这些金碧辉煌的场所，还有芭蕾，还有俄罗斯的美人。想想他的住所就在冬宫的前面，他每天就穿越过辉煌的冬宫广场，那是一种什么样的生活。然后写诗，然后为了爱情和荣誉决斗，然后身后到处是他的塑像。诗人的一生由于他的诗歌而得到永远的延续。看一些史料，说托尔斯泰的《安娜·卡列尼娜》里安娜的原型就是普希金的女儿，大美人的女儿仍然是美人，却因为丈夫的酗酒而脸带忧郁。据说就是她的气质和忧郁打动了托尔斯泰，成为他的小说里的人物原型。

逝者如斯。十九世纪的天才的光芒一直笼罩着我们，笼罩着我们的思想、我们的生活、我们的美感乃至我们的悲欢喜乐。说是光芒那是乐观者所说，如果是悲观的人呢，他就有可能说是阴影了，或者说是负担。天才永远生活在我们面前，使我们俯首帖耳，使我们永远觉得自己的生活有缺陷，我们爱的人也有缺陷。就像在托尔斯泰面前，我们永远觉得自己生活得不够严肃，而在普希金面前，我们就永远觉得自己的生活没有浪漫或缺少惊天动地的爱情。目前的俄罗斯人都比较郁闷，这就使你觉得他们的郁闷是有道理的，因为有那么多的天才盘旋在他们的头顶，在嘲笑他们的没有质量的生活。

天才是上帝的选民。让你发光，让你受苦，也让你毁灭。想想我们国家的天才阿炳，甚至没有人为他树立一尊雕像。他多么有天才啊，他的《二泉映月》也是人间的天籁之音。这样说不知准确不准确。天籁之音好像一般是形容没有烟火气的物质，但阿炳的音乐却饱含痛苦。但我还是认为它是天籁之音。

一次美丽的航行

上邮轮的那天，因为在广州要早上七点半集中，八点出发，十一点到达香港的启德码头，而且之前还要完成一个电影大纲，于是出现各种困惑各种焦虑，最后那天晚上要吃药才能入睡。于是第二天拖着箱子一早起来，便充满怨气。然后各种过关奔波，终于上了船。进到了房间，开始大睡。导游在路上就对我们说，希望能在十一点可以上船，大家就可以去11层吃自助餐了。因为我们是不包午餐的。结果上了船已经是12点半了。所有人对这只巨大的船还是非常陌生，连房间也找不到。但还是飞快地找到了11层。因为那时大家都很饿。到了11层海洋自助餐厅后，全部人都兴奋不已。因为餐厅已经摆好了两百多种食物正在等待他们的到来。这条船有14万吨，真是让人吃惊啊。小时候记得全国庆祝万吨巨轮下水。那时，已经叫万吨巨轮了。而这只船的11层还有几个露天游泳池，游泳池上面是巨大的电影屏幕。你可以一边游泳或者一边泡在温水按摩池里看非常清晰的大片。头顶上万里蓝天，不远处就是蔚蓝的大海。如此享受，绝对是心旷神怡。难怪小涛说，只有庞贝人的后代才能想象出这种超级享受。伟大的意大利人，晚上的西餐也是非常精美，无论是头盘还是最后的甜点，都是精美的食物。到最后的那天，两百多个厨师一齐出来合唱"我的太阳"，真的是超级快乐。14万吨邮轮，船上有一千多个员工，三千多名乘客。整个邮轮就是一个巨大的海上五星酒店，非常平稳，日夜航行，每天会播出日出和日落的时间。邮轮里面有剧场、真冰滑冰场、小型音乐厅、各式餐厅和酒吧、游乐场、图书室、棋牌室、购物大道，应有尽有。干净舒适，每天服务生还在你的床上摆放用毛巾折出的各种小动物，令你感到温暖如家，真的非常舒服。怪不得有人愿意选择在游轮上终老，起码不寂寞。在船上还意外地遇到好几位多年不见的朋友，大家惊喜一番。有个朋友天天五点半起来，去11层的海水游泳池游泳，然后再下来吃早餐。他估计就是选择了邮轮。因为他说他已经坐了很多的邮轮了。对比起国内的旅游，意大利人真是尽善尽美，尽心尽力，生怕乘客不舒服，不开心。你坐在这条邮轮上，完全放心和放松。你的任何要求，他们都会尽力地满足你。我想，这样的价钱，如果在国内，肯定是吃个好饭都达不到的，就别说邮轮上每天的各种演出和丰富的自助餐了。光是干净一样，你就不想再去国内的任何景点。记得有一年我去参观河北的一座名山，那里的厕所可是臭气冲天。我们年纪大了，已经不能忍受肮脏和贫穷了。

麓湖三少年

　　上周六去南海文化馆参观"麓湖三少年"画展。"三少年"其中一个画家住在南奥，说是要开车来接我一起去看他们的画展。但因为这样他们的车子就要绕很长的一段路，于是我们还是约好了一个都方便大家的地方见面，再一起去南海。

　　"三少年"已经不是少年，准确地讲，应该是老年了。中国计算老年的标准好像是65岁吧。这个标准是怎么建立的，是在什么基础上建立，不得而知。只知道一到65岁，就可以享受"老人免费卡"。在公共汽车上经常就听见"老人免费卡"的声音。曾经就有人提抗议，说这样做是歧视老年人。像"老人免费卡"这样的东西是污辱性的。但社会部门不愿意，说是这样做是基于公众利益。在这个问题上真的没有留意过香港或者国外是如何执行的。于是有很多保持得年轻的老人就不愿意用卡坐车，宁愿用大众的卡，因为那一声"老人免费卡"真的太刺耳。

　　而"麓湖三少年"究竟有没有用"老人免费卡"，我就不得而知了。但是看看他们在画展上展出的作品，我想一定是没有用老人卡的"少年"。我和"三少年"之一的光泽是老朋友，相识于二十世纪的八十年代。那个年代是中国文明史上几乎是最美好的年代。就像这一波的股市跌惨了以后的第一轮反弹那样美好。充满活力，人人都有愿望，人人都有理想。因此他们当时的画派和北方的"星星"画派是同一时期的，南方和北方，同样怀着未来的期望。当时他们的作品充满了活力和热情，对过去的批判，对未来的执着。他们发给我一张当时在文化公园开画展的照片，我看到自己也站在其中。当时每个人的精神都是那么振奋，那么高昂。不论是"星星"，还是"麓湖"。我们都是那么想念当时的精神状态。在照片里，刚刚离开了我们的黑马先生还在。照片里的他也是那么精神奕奕。一眨眼三十年过去了，当年的少年也白了头。但是没有"白了少年头，空悲切"。他们经历了这个时代，见证了这个时代，并且用自己的方式描述了这个时代，已经足矣。"麓湖三少年"中，有画油画的，有画国画的，也有两者都画的。其实，画什么都不要紧，重要的是有自己的追求。"麓湖三少年"像所有的中国人民一样，都追求美好的事情，美好的人，美好的风景，美好的世界，充满诗意的世界。这在他们的人生中，是一道最美丽的风景。感谢这三十年，感谢这个动荡的年代，这一切都给予他们充分的激情和生活。这是后来的人所唯一无法享受的。

周六，南海文化馆很安静。初秋的太阳透过树荫照在光影斑驳的地上。有一两个孩子走过。画展的策展人坚仔正招呼着我们去吃中饭。这个年轻人喜爱艺术，喜爱艺术家，喜爱南中国的山山水水。"麓湖三少年"走在阳光中，我们也走在阳光中。

观鸟记

因为答应了曾主任说一起去观鸟，于是就纠集了众多人一起，在一个阳光灿烂的日子，去到南沙湿地公园。观鸟在我的脑海里首先是一件浪漫的事情。一提到"观鸟"，总想起那些二十世纪二十年代的老英国电影里面的乡村绅士，在一片美丽的地方，举着一个双筒望远镜。这次观鸟活动的举办方是广州市青少年科技中心。这天其实是举行中小学生的观鸟比赛。于是我们就伙同着一帮很有知识的老师和学生，在湿地的旁边，越过红树林，举着双筒望远镜，或透过倍数更高的单筒镜去观鸟。是日很晒，我和同伴都是很少户外运动的中年人，只是沿着红树林走了一小会儿，已经被太阳晒得浑身是汗。于是顿时产生逃离之感。再看看自己，又没有穿走路的鞋子，也没有背双肩包，挎着一个上班的大包，还没有擦防晒。那几个朋友更是大腹便便，早就坐在树荫下面了。我看看远处，远处的湿地上，有一些点点，观鸟的老师和学生，正兴致勃勃地把头聚在单筒望远镜上。天空不时飞过一只大鸟，带队的老师告诉我，你看那优雅的姿态，就知道是苍鹭。这时我已经走到一只大单筒面前，俯下身体，看了一眼。啊，我看见了一只优雅的白鹭正在湿地上翩翩起舞。太漂亮了。旁边还有很多灰色的水鸭。从没有那么近距离地看见过一只白鹭。顿时产生了买大单筒的强烈愿望。但看着那只竖在地上的大单筒，肯定很重，比那些照相机重得多，想必自己是不会扛着它的。再看看那个女老师脖子上挂着的双筒，刚刚我用过，也是非常地清晰，比我以前买过的那些俄罗斯望远镜清晰多了。非常不幸的是，后来别人告诉我，我买的所谓俄罗斯望远镜都是温州产的。我小心翼翼地问那个女老师，她的望远镜是哪里出产的，她指了指牌子，是施华洛世奇的。以出产水晶首饰闻名，没有想到还出望远镜。女老师脖子上挂的那只双筒说是要一万块钱。后来我观察了一下，很多学生的脖子上都挂着同样牌子的望远镜。看来这观鸟的费用也不会小。再听听他们的故事，很多学生都跟着老师出国观鸟，去马来西亚的，去云南的，还有去南非的。但是看看观鸟的学生，个个户外装束，行走如风，一扫平日孩子的弱不禁风。听"广东观鸟第一人"的廖教授说，这些孩子通过观鸟，已经是运动健将了。这个廖教授也很了得，只要听到天上飞过的鸟叫，就知道是什么鸟。晚上营地举行了屏幕上的观鸟比赛，我也参加了，大长见识。那些孩子更是了得，对比起来，我对鸟的知识真是少得可怜。对于屏幕上展现的几十种鸟，居然一只也叫不出名字。黄昏降临，鸟儿又再次飞腾起来，因为早上和黄昏都是它们觅食的时候。廖教授告诉我，现在还不是鸟儿最多的时候，到了十一月，加上北方飞过来的，鸟就越来越多了。我有点担心地对他说，广东人有吃鸟的习惯，只怕这些来越冬的鸟都给广东人吃光了。廖教授笑笑指着正在观鸟的孩子们说：起码他们是不会吃的。

广马进行时

那天阳光灿烂，冬天的阳光晒得人懒洋洋的。只听到楼下的马路传来阵阵加油的喊声。于是有点模糊，好像只有龙舟时节才能听到这种声音，但现在是冬天啊。于是打开电视，看到电视里正直播着马拉松的场面，背景是广州的一幅幅图画。有街道，有江景，广州塔多次地出现，广州的蓝天白云。哦，才知道是广州的马拉松。因为住的地方楼下便是广马跑过的地方，于是才知道听到的声音是观众喊加油的声音。于是穿好衣服，落楼。

围起来的路上络绎不断地跑过选手，穿得五颜六色，男生居多，偶尔跑过女生，观众都会更大声地喊加油。但一看都是业余选手，看上去跑得很艰难，脚都在地上拖着，跑不起来。一个个满头大汗。还有一些拿过工作人员递给他的矿泉水就往头上淋，肯定是很辛苦。42公里，对于一个业余选手确实是艰难。看电视里，跑在前面的，都是黑人，步子那么大。不像我们亚洲人，步子小。当然现在的马拉松已经发展为全民娱乐，其中不少人身上拴着各种颜色的气球。气球的喜庆和他们一脸的疲惫相映成趣。最轻松的是一个带着一只黑白边牧的选手，当跑到我们面前时，大家都为那只边牧欢呼起来。而那只边牧也精神抖擞。那位男生可能因为狗狗的鼓励，跑得格外轻松，还带着狗狗向观众行礼。我站着的点是25公里的点，还有一半路途呢。看着那些困难的跑者，真是担心他们是否能跑完全程。又想着前段时间的北马，在严重的雾霾中进行，不少选手戴着口罩比赛。这样一比，广州此时的蓝天白云，还真是奢侈呢。于是又想起那两个第一次出现在马拉松场地上的英国女人，其中一个后来还热爱骑马。我对长跑一直没有耐心，一直固执地认为长跑是世界上最枯燥的运动。又想起我的那位八一队的中长跑教练的姐夫，到现在退休了，八一队还留着他，继续带队员。广马的队伍中，还有一些老者，真的要向他们致敬。热爱运动的人，肯定是对生命负责任的人。于是听到观众中有人充满了诗意地对他们大声喊："奔跑吧。"

现在很多城市都举行属于自己城市的马拉松。这种运动很能感染人。我在一旁看着，也想加入进去。但一想到42公里就退缩。当然也可以跑迷你的。十公里。当天的微信上，已经有不少人摆出了明年参加广马的跑鞋。但觉得他们应该是秀跑鞋的成分多一些。但是，管它呢！总比只会秀奢侈品多点趣味。能参加马拉松的人都是有趣味的人，这是肯定的。而一个城市，每年都举行这项运动，慢慢就会有更多的有趣的人。不知不觉，我站在路边也看了一个小时。阳光越来越猛烈，跑者脸上的汗水也越来越多。有多少人参加呢？他们这一天肯定是最快乐的。

暖 冬

这个冬天，注定是暖融融、懒洋洋的。有许许多多的信息，在不知不觉中，就融进了我们的脑海里。在冬天的阳光下，我们有什么细小的变化？首先，我在某一天去看了康有为的故居，那天也是阳光灿烂的冬日，康南海的故居，参观的人也就是我们这一小群人。其中有一个历史学家，在蛛丝马迹中发现了许多可能是平常所看不到的行迹。首先，我们看到了在表扬康南海的铭牌上，康的后人的名字被人恶意地刮掉，铭牌下面也被人用利器划上一行歪歪扭扭的字：某某人是衰人。于是我们一串联想，那些不友好的邻居，估计是建这故居时有很多利益之争。不管如何，肯定都不是康有为所愿意见到的。康南海一生何其潇洒，最后也是死在异乡。什么故居不故居的，什么身后事，都不是这些伟人想考虑的。伟人们所想的，就是我们当代最流行的一句话，"活在当下"。按照佛教的说法，就是什么都不要留，住的房子不要留，穿的衣服不要留，死了连骨灰都不要留。不要给自己有眷恋的机会。啊，真是太好了。像康有为的故居，如果你去问康南海，他肯定是摆手加摇头，但后人不肯，一定要建故居，其实是为他们自己。康南海已经扬名立万，他还要故居做什么？像当年的一句流行词，"他已经活在亿万人民的心中"。事事不要留，做了故居，连名字也要给人划掉。如果不留，一点机会也没有。哎，只是大多数的人不明白。还有一个暖洋洋的中午，和某个道长一起吃羊肉。道长满面红光，教导我在冬日要进补。另外一个暖洋洋的中午，在一间吃装修的餐厅和一个来自景德镇的艺术家吃饭。艺术家对我说，他人生中最愉快的就是在缅甸禅修的一个月。然后他开始动员我去那里禅修。他和我一样，都爱看比尔波特的书。还有一个暖洋洋的中午，我和来自北京的著名导演一起讨论我那个独幕话剧，我想把它搬上舞台。这样一总结，这个冬天所有愉快的事情都发生在暖洋洋的中午，都发生在冬天的阳光之下，这也证实了冬天阳光的宝贵。还有冬天的马拉松，一切均是力量的源泉。于是又想起徐志摩的原配，徐志摩是拿了岳父大人的红包买了做梁启超的弟子才留的洋。一出国就变了脸，才有那段乱世情话，这是后话。想想康梁已经是朝廷钦犯，还有那么高的江湖地位。再回到康南海的故居，里面展陈的尽是康的光辉历史。看后也是感慨。他的后人，最为人所知的反而是他的女儿同璧，才气和胆识均是过人。他的十二个子女，只有一个男丁传了香火，续名的却是女儿身。

林海雪缘

　　看过曲波的那部大部头，都知道是《林海雪原》。我在这里用了缘分的缘，是想说全体中国人民和这部小说的缘。

　　想起小时候这部小说给我们的营养，使我们对这部小说如数家珍，每个人物的脾气、长相、命运、身世都了如指掌。此情此景可比说书的对《水浒传》里的一百零八条好汉的熟悉程度。想想那个时候的曲波肯定大受欢迎，真正享受到了一个畅销作家的宏大待遇。而对于一个离我们的生活环境有着十万八千里远的地方，也是通过了这部小说有了最初的印象。林海，雪原，土匪，暗号，座山雕，许大马棒，栾平，等等。于是，听说徐克拍了，马上就去看。影片展示了一个雪字，暴力下的雪，贫穷下的雪，战争下的雪。看到生活在如此恶劣条件下的人们为了争夺生存地盘而大开杀戒，突然想起那时生活在夹皮沟的人们，他们可能也是觉得这个世界也就是这么大了。土匪、严寒。于是记起我多年前也去参观过林海雪原的原地，和一帮穿红着绿的男男女女，穿着雪靴，在一条貌似夹皮沟的村子里走来走去。空无一人的村子时不时会有几个假土匪出现，引起游客的惊慌。那时也没想过以后有人会重拍《智取威虎山》。那时身体好得很，在严寒中走来走去还乐趣无穷。后来回到哈尔滨听一个上海老知青诉说东北的严寒还不以为然。看徐克的这部电影，重温了雪，重温了土匪，重温了暗语。最华彩的地方竟然是张涵予饰演的杨子荣在威虎山唱二人转的那个场面，还真有点革命的浪漫主义。而革命的浪漫主义当年是样板戏的精华。革命本来就是浪漫人的玩意儿，想想当年那些去延安的青年，哪一个不是怀着一脑门的浪温情怀？而徐克拍这部电影，却出人意料地忠实于原作，和我们记忆中的《智取威虎山》没有半点差离，这是好还是不好？印象中的徐导也是大侠情怀、浪漫情怀，也许他觉得《智取威虎山》已经够浪漫，够大侠，不需要添油加醋了。只是在电影中没有见到蝴蝶迷，这个在整部小说中最令人难忘的女性，还是稍有点失望。小时看《林海雪原》，幼小心灵中的巾帼英雄竟然就是"蝴蝶迷"。对比起作者大书特书的"小白鸽"，"蝴蝶迷"更加独立，更加浪漫。一个女性，在土匪窝里打滚，还风姿绰约。看电影时，看到一个红唇美女，心里一阵激动，以为是"蝴蝶迷"，结果不是。大为失望，差点退场。于是觉得徐导肯定没有精读原著，或者是给别人误导了。只是电影在夹皮沟打斗的场面太多，看得我心生厌烦，百鸡宴的打斗还好看，但结尾就不行了，总想起某部武侠小说。演"小白鸽"的女演员毫无特点，以为特邀了山口百惠。但总的来说，不论是《黄金时代》还是《智取威虎山》，都要比那些什么乱编的《心花怒放》之类的东西要好得多。还是说明了一个问题，好的作品就是要深厚的原创。在大陆，这些好东西是那么多，难怪许鞍华徐克都来寻宝了。看什么时候重拍《红灯记》，那些年轻小可爱们，不要再乱编了。才华不够就得认。

唔黏线唔正常

元旦晚上，到广州体育馆看黄子华的栋笃笑"唔黏线唔正常"。地铁一到白云广场站，车厢马上就空了。说起这些地铁站的名字，真是非常没有想象力。一个站叫"飞翔公园站"，一个站叫"白云广场站"。我永远也记不住广州体育馆是在哪一个站，这样就变得很焦虑。果然我就在"飞翔公园站"下了车。幸亏我还是问了一下站台的服务员，只好重新又上车坐了一站。至于为什么不叫"广州体育馆站"就不得而知了。不知有什么乘客要去"白云广场"呢。地铁站里满满都是去看栋笃笑的人流，年轻人多。子华好厉害啊。我的记忆中，广州都是明星们的陷阱。出了地铁站，因为不想走路，于是就打了一辆摩托车。摩托车车主开口就说十块，给我骂了两句，就改口说五块了。前年也来这里看，也是黄子华的栋笃笑，"娱乐圈血泪史"，其中还讲到我们一起在长春拍"末代皇帝"的"血泪"。因为是成浩给的票，两次都是坐在前排第一排，看黄子华看得清清楚楚的。一到体育馆，看到一万人的场馆坐得满满的。连最顶顶那两排平时从来没有见到过人坐的位置也坐得满满的。用黄子华的话来讲，那些顶层的人就只能是看大屏幕了。黄子华受到的欢迎是空前的。这也代表了广州人的素质，我一直认为，有幽默感的人民是智慧的人民。满场互动也是非常热烈。这次黄子华在广州连开四场，场场爆满。好多年轻的朋友都问我要票，但票早就已经卖光了。连下个月的佛山两场和深圳两场也都卖光了。我的一个瑜伽朋友也问我要票，说她的儿子儿媳都是黄子华的粉丝。有次吃宵夜的时候，我就问她，怎么不像在香港那样开十一场？我想广州人民是撑得起的。

想起我们在长春拍戏的时候，这个栋笃笑星为了演好溥仪，餐餐饭前就吃减肥药，还对我说是空姐推销给他的。台下的黄子华非常沉默，估计是所有的话都在栋笃笑中讲完了。溥仪这个角色不好演，首先溥仪是个非常复杂的人，有教养，懦弱，双性恋，国破家亡。因为写他，当时我看了他很多的材料，非常感慨。一句话，就是"苦海无边"。于是我对黄子华说，"唔黐线唔正常"这句话放在溥仪身上就是真实写照。谁当他的角色都会黐线。当年带了那么多故宫的宝贝出宫，就是为了防身。而历经劫难，最后身无一文。皇宫、满洲国、苏联、监狱、改造、洗心革面。

栋笃笑一直受欢迎。台下的观众，年轻人居多。听说在大学生里最受欢迎。这次的栋笃笑无中心，想到哪讲到哪，但一样受欢迎。人们太缺乏笑点了。笑了一晚，我晚上回家睡了一个长长的好觉。毕竟笑是带给你轻松。这一个晚上，台上台下，"唔黐线唔正常"。

有多少美可以等待

现在我们手中打开的，是广州名画家苏小华女士的最新的画册。她上一本画册名曰《和风畅日》。《和风畅日》看上去无限舒畅，太平日子源远流长，也包含了甜甜美美的日子、安安乐乐的时光。小华笔下的一丛百合，有两只翠鸟相伴。而百合枝繁叶茂，一扫温柔之相。另外两盆吊兰配上张九龄的诗：在她的画册里，偏爱兰花。实不奇怪。因为兰花的高洁世人向往。在闲庭里的双兰，有一丛丛的兰氏家族，也有摆在家里温馨的兰。也有在并蒂的莲花。

仿佛中，一朵朵各呈艳丽妖娆的花花朵朵转化成各种姿色的女性。或盛开，或含苞怒放，或独立于山野，或收藏于庭院深深；小华笔下的花，表达了她对女性的喜爱和欣赏。在我的印象中，小华对女性的欣赏溢于言表。常常听到她对某些女性的赞赏，美丽的、独立的女性都是小华赞赏的对象。可能在画家的眼中，美丽而纯洁的女性就像她笔下的鲜花，怒放而又含羞。怒放容易含羞难。难得有怒放之遇还有含羞之心。只有永远对世间万物抱有倾慕之心的人才保持有含羞之态。

小华和我多次结伴出游，爱好也相近。在我的观察中，她是一个善于发现美的高手。美就在身边，这句话用于小华的人生和绘画非常合适。她随时随地都能发现美，越秀山博物馆周围游戏的青蛇、埃及人的眼神、印度人的服饰，还有伊斯坦布尔的水烟的味道。永远记得她站在土耳其的千年歌剧院遗址放声高歌的情景，这个情景常常与我某年在拉萨的吉日青年旅馆的露台上看到一个白人女性陶醉地唱《青藏高原》的情景相交叠。都是爱美的人，都是爱生命的人。

只有爱生命，只有爱美，画作才会源源流出。艺术永远是和生命交结的。在旅途中，我们常常听到小华银铃般的笑声。开怀大笑是她的特征。我和她一起在希腊门农神庙前的一张合照，蔚蓝的天空下，两人开怀大笑。真是美好的日子。小华的笑声太有感染力了。在她的笑声下，一切牛鬼蛇神统统走开，一切抑郁苦闷统统走开。在她的笑声中，我会想起凡·高的向日葵，想起云南丽江的玉龙雪山，想起巴厘岛金巴烂的落日，想起我们在印度的火车上赞叹印度奶茶的美妙。

不要停下来，不要停下来。发现美的脚步一刻都不要停下来。世界是美妙的，人生是奇特的。还有多少美我们没有发现？还有多少美等待我们去发现？一个好画家，就是要用心灵发现身边的美，再通过自己的笔把发现的美传递给世人。人生匆匆，能把身边的美用自己的双手奉献给世人，这一生足已。

而小华发现美的脚步一直停不下来，从越秀山，到兰圃；从广州，到欧洲；从小我，到大我。无穷无尽的美滋养着她，对艺术的追求滋养着她。因此，她是幸福的。

这本最新的画册呈现了小华心灵中美的一部分。爱美和爱花的人都可以在其中得到心灵的享受。小华的画向我们传达了世间甜蜜的爱，精致的爱。她出生在广州，成长在广州。一门画家，花开富贵，花红柳绿。是广州的一张名片。非常有意思的家庭群像。岭南艺术在她的家族中得到了传扬和折射。

小华非常喜欢她的家所在的位置。靠着越秀山，脚踏象冈山。在老广州，越秀山和象冈山是连在一起的，是古岭南人认为的龙脉。可惜解放后不信风水的现代人修了一条解放路，把这条龙脉拦腰斩断，令人扼腕。她长期工作在越秀山里的广州美术馆，以前的家也在越秀山里面，因此她对广州的这座名山充满了感情。她工作在越秀山，住也住在山里，每天不知面对多少美景？那些山岚流动，那些泉水叮咚，都是我们这些住在市井里的人所想象不到的。记得有一年春天我去白云山小住，在黄昏的时候居然看到紫色的雾。那住在山里的她，也是不是经常见到些人间见不到的美景？而最近，她又在离家不远的盘福路租了一间很大的工作室。我去喝茶，看到工作室里很简单，只是墙上挂满了她的新作。她正在尝试某种新的画法。我看见妩媚的兰花面前蹲着一只虎虎有神的大黑猫。兰花和黑猫互为对衬，相得益彰。

小华的女儿也是画家，且正在巴黎学习。这样，小华就有机会和理由经常去巴黎。在欧洲，她得到了极大的艺术熏陶和享受，也拓展了她画画的视野。我喜欢欧洲，她常这样说。

岭南的花花草草，岭南的街街巷巷，岭南的人物，都给了她丰富的艺术营养。不时有岭南的旧灵魂在她的画作中穿梭，作怪脸，发出各种的声音，给予她灵感。她每天游泳，在越秀山散步，行走在各种旧街旧巷之中，灵感涌现，如夏花盛开。

愿她寻找美的脚步越迈越大，越迈越远，越迈越快。

悼志红

上周四，参加政协对越秀区的文化街区调研。快结束的时候，接到晓毅的电话，说，陈志红走了，你知道吗？当场如雷轰顶。一个知我爱我的人。再上周，还和她通电话，请她参加我的小书的首发式，她在电话里犹豫了一下，说来不了，出外。我就问她，你在哪里？她说，我在很远的地方。不料一语成谶。

第一次认识陈志红，就终生难忘。当时好像就是在南方日报的一个会上，1990年，那时我刚刚写小说，怯生生地对着众多文学前辈，突然一个美丽女子朝气蓬勃地从门外走进来，短发，圆脸，身材高挑。一坐下就大声说，你们认识张梅吗？我当场受宠若惊。自此两人结成好友，惺惺相惜。

志红是女中豪杰。有志气，有骨气，有理想，还有浪漫情怀。对文学有极高的审美。而且勤奋。中山大学77级哲学系。后来还读了博士。真真是女中豪杰不让须眉。且为人豁达，不拘小节。身上的优点数不胜数。开追悼会的那天清晨，我梦到她，和我一起去买衣服。毕竟是女生，爱美。这些年她都在生病，真是才多身子弱。记得2013年在省作代会见到她，戴着两顶帽子，弱不禁风，令人很担心。但去年去北京做了手术回来，情况大大见好，脸色红润，精神奕奕。都以为她终于战胜了病魔，没想到还是英年早逝。

这些年走了好些朋友，都是五十上下，都是大大好人。成浩在电话里跟我说，可能是上帝嫌我们还不够好，要我们继续留在人间。今天元旦，成浩请她和我一起去看黄子华的演出，大家都兴致勃勃，看完演出还和黄子华一起合照。看完过了几天，她还来电话说她的儿媳妇是黄粉，要我帮她找票去佛山看。唉。

上个月，她电话说要聚一聚，我刚好约了艾灸，还迟到了，还微信向她道歉。还是上个月，4月15日，北京的朋友，我们共同的闺蜜懿翎过来广州，我们还一起去了佛山的保利洲际住了一晚。想想还是我们几个闺蜜的缘分深。不知那次，她是不是最后一次离开家去酒店住？于是想起我第一次住这间洲际是志红带着我们。还有岭南新天地，唉，那顿晚宴也是吃得淋漓畅快，我还喝多了。4月7日，我和她还一起去东山电影院看《皇家警察》，这是我第一次和她两个人一起看电影。突然想起好多好多，在北京我们一起去朱辉家打牌，2006年的英德笔会，二十世纪的海南之行。亲爱的，你怎么就走得如此匆匆？本来还有多少计划，还有多少大好河山等着你去一一游戏。你那聪明绝顶的脑袋装着多少雄才大略。好可惜。你一走，我老是想起苏轼的那句词："料得年年断肠处，明月夜，短松岗。"虽然拿这句词来跟你送别太过凄凉，不符合你一个女中豪杰的身份，但我脑子里却是一直回响着这句绝命词。

志红，你一路走好。我们都爱你。

把艾灸做成艺术

最近经常光顾的一个地方，繁华中心的一幢别墅，有照壁，有回廊，有种着兰花的亭子，如果不跟你说，你肯定以为是会所。但其实这里是一个艾灸的场所。装修得古香古色，一幅古人正在艾灸的古画，显示出主人的品位。

现在这个社会，已经到了要"装"的时代了。我想起第一次去日本时，朋友指着银座的楼房对我说，从前最旺的时候，这里全是画廊。也是这时，就听到了几个朋友的画廊关闭的消息。当然，我们这里的画廊关闭不是因为经济问题，但一间艾灸中心可以做得如此豪华，那跟画廊还是有所区别吧。一些很差的画用一些包装手段就可以卖得很贵，这除了世人之心被奸商利用之外还有什么我们想得到的？

还是讲回艾灸。一想到艾灸，就想到小时候常常看到妈妈拿着艾条艾足三里。后来听妈妈讲，艾一次足三里就等于吃一只鸡蛋。母亲自己是医生，也不知是不是就信了。反正小时候就经常听她说。这家艾灸中心收费肯定是不便宜的。刚开始，会让一个主管问一下你的身体情况，再做些调理和艾灸的方案。还是比我平常去的那些美容院的艾灸项目做得好。平常去的美容院只会给你做一些固定的部位，这家的艾灸师明显就是比那些人好多了。我是朋友介绍去的，朋友一家老小都在那里艾灸，老婆，两个女儿，还有孙子。我也很惊讶，这么小的孩子也要艾灸吗？看来艾灸是神奇的。去得多了，看到来艾灸的多是女性，这也说明了为什么现在女性比男性寿命要长。因为女性都注重健康。其中有两个男的艾灸师大受欢迎，我是一次也没有享受过。

大概是我太害羞了，永远不敢表达自己的意愿。所以我一向对自己受委屈是习惯了。喜欢这家艾灸院是源于一个细节。那就是第一次做艾灸躺在床上的时候，听到很细腻的王菲唱的《心经》。慢悠悠的《心经》在装修素雅的房间飘来飘去，有一句没一句地飘进了你的心里。在那一刹那，我就睡着了。醒来就想起那首著名的小夜曲"乘着歌声的翅膀"。于是就喜欢上这间让我想起小夜曲的艾灸院了。起来就毫不犹豫地刷卡去。一个细节，就这么一个细节。当然，艾灸院的茶室相当漂亮，有好几个茶室，古色古香。还有艾叶茶。

某天艾灸院请来老师讲中药减肥。果不然来的全是女性，但看上去也没有几个是肥胖的，果然老师就拿这个做话题了。先是说了女性爱美的渴求是多么的正常，然后话题一转就开始讲中医的道理。然后就开始发他的诊所的广告单。

这天底下，最好赚的钱就是女人的钱。当然，首先要让女性感觉到舒服，雅致，贴心。这也是为什么暖男大受欢迎的原因了。直接把艾灸做成艺术。这家堂馆，真的是做对了。

荔枝红了

　　一直有说高州的荔枝如何如何好。因为从小到大，吃的都是从化和增城的荔枝。特别喜欢从化的荔枝，糯米糍，核小。一点点的核，肉厚，又甜。但印象中没有为荔枝疯狂过，都是吃几个就放下手。这次去高州吃荔枝，从广州开车过来，要有五个小时的车程。于是有足够的时间讨论各种问题。于是和晓毅讨论起吃水果的问题。这肯定是因为荔枝说开的。她和我都有一种感受，虽然医生一再说要吃苹果，但不知怎么就不爱吃。她说在家里也是因为要应付妈妈，才吃半个。我也是这样，不爱吃苹果。经常买了苹果放在客厅餐桌上的果篮里，就是不吃，最后都用来煲猪脹了。于是两人讨论来讨论去，只有一个结果，那就是因为自己是广东人，还是爱吃岭南的水果。比如我自己，就是爱吃香蕉，爱吃木瓜，爱吃黄皮，爱吃荔枝龙眼，苹果雪梨就是不爱吃。真是一方水土养一方人。而同样是龙眼黄皮木瓜，就是爱吃本地的，什么泰国龙眼东东就是不爱吃。

　　到了高州，就先去根子镇。因为那里有贡园，里面有一千五百年的荔枝树。而著名的"一骑红尘妃子笑"一诗就是出于这里。因为经过考证高力士是高州人，就是他派快马把荔枝运到长安给杨贵妃。但好像也有考证说高力士是四川人。总之众说纷纭。但这个高力士肯定是暖男。这个无可置疑。一个想到用快马运荔枝讨好美人的暖男。就像当代那个亲手煲了鸡汤从香港空运过来送到美人嘴边的某暖男一样。荔枝和鸡汤，都是获得美人心的手段。

　　在高州博物馆我们还看到了关于高力士的介绍。据介绍，他虽然被处死，但因为功大，还是埋在了皇帝旁边，陪着爱他的唐明皇。

这样子，因为有传说，有历史，荔枝就更可爱了。第二天我们又到了另外一个镇，那里正在收获桂味荔枝。收购点里堆满了荔枝。据说这里的农民住的小楼都是卖荔枝所得的。我们还看到一座小小的寺院，里面供的是荔枝神。农民们收荔枝前都要先在这里上香。我们看到寺庙门前一地的红红的鞭炮，就像山上荔枝树的红色的果实。因为气候水土的原因，高州的荔枝在广东省是最早熟的，这样就抢了从化增城荔枝的风头。在白云机场看到的最早的荔枝"中华红"就是产自高州。高州从前是下四府的省会。你走在高州县城，连片的骑楼街就诉说着这片地方的深厚的历史。还有那个得道的神医潘茂名，更是增加了高州的历史纵深感。

依然是每处乡土都有每处的风俗。我们在从化增城吃荔枝，当地人都会叫上咸鱼消食。但在高州就没有这样的风俗。我们问当地人，那如果上火怎么办呢？他们就笑笑，好像没有听过吃荔枝会上火一样。我们再深入说，没有听过"一颗荔枝三把火"？他们还是笑笑，说，没听过。我们就解嘲，说，给杨贵妃吃的荔枝果然就是不同，不上火。

高州的木偶戏很有名。我记得二十多年前，我去过高州旁边的一个镇，刚过完春节。早上起来，到镇上瞎逛。空无一人的镇上，拐角处居然有一台木偶戏，服装绚丽的独角，在咿咿呀呀地独自唱着。我在戏台前面站了很久，内心充满了莫名的忧伤。

向西，向西

　　明知第二天是要出早门，还是没有心思收拾行李。拖延症好像是越来越严重。箱子是越拿越小，东西也是越带越少。前两个星期在菲律宾的长滩岛，出门之前也是有拖延症，连短裤也没有拿。天啊，在长滩岛白花花的沙滩上，有多么想念那些躺在衣柜里不见天日的各式短裤。记得最后一次穿短裤应该是九年前在埃及了。问过资深同行我这种情况是不是抑郁症，但她们都说是拖延症。我再次想了想自己的行为，也是符合拖延症多一些。十点二十分的飞机，应该说，这个时间是很人性的。集合时间也很人性，九点十五分。而且也已经在手机上拿了位置，因为是南航的明珠会员，又是拿的小箱子，不用办行李托运。于是想这件事情是多么的轻松。最近因为专车的出现，整个广州不论是任何时候，马路都是严重堵塞。于是想还是坐地铁吧。一个小时肯定够了。因为是第一次从家里坐地铁去机场，也不知道时间，想着一个小时的地铁都可以坐到南沙了，还不到机场？结果真是错了。首先我是坐了一条错误的路线。我从鹭江站上车，8号线转2号线再转3号线，就已经是大错特错了。绕了一个大圈。所以，到了机场，连滚带爬冲到登机口，飞机已经关闭舱门了，任我怎么说，那个地勤人员就是不让我上飞机。只好改签。沮丧的时候打电话给朋友，她问我要去哪里，我说，成都。她马上说，今年不宜向西。

　　果然，到了成都后，住的酒店还是不错，单人间，但总是睡不成，要吃药才能睡。我就奇怪了，最近的睡眠很好，已经很久没有吃药了。幸亏出门前还是带了药。但这个旅程一结束，我回到广州就呼呼大睡。而且去成都之前在菲律宾也是深度睡眠。只好想起了朋友的话，今年不宜向西。我这个朋友更倒霉，今年五月和我一起去大理，把随身的包给忘记在车上了。光是那只卡地亚表就已经是十几万。她一生气，就发毒誓，今生决不入云南。于是无限怀念长滩岛的深度睡眠。而且在想，为什么呢？第一，离开了中国，任何地方都是放松的；第二，那里空气清新，氧分充足。我在那里，居然想起写小说。灵感源源不断，就像氧气一样。于是归结自己在广州没有灵感，是因为这里的氧分不够。而且，最重要的，是菲律宾在南面，不是在西面。

是时候给自己一个长假了。

在成都和重庆，虽然大饱美味的川菜，但是在重庆却大受打击。因为看到最美丽的朝天门要被新加坡人建成重庆"金沙"了。好痛心啊。这么重要的一个地点，承载了多少历史变迁的重阵，又没了。好痛心。大好河山，为什么都给当代丑陋的文明毁之一旦呢？一百个一千个一万个金沙，都抵不了一个朝天门。为什么？重庆人呢？

想得太多，写得太少

什么叫顿悟？我想所有人都很好奇。如何为顿？如何为悟？看一些高僧，常常在山中修行，无意中就顿悟了。但我们这些凡人，也不知去哪座山修行才可以顿悟。因为这种虚渺的东西又不是物质，都是无法言说。记得十多年前去庐山东林寺，我就问过住持这句话，但他回答得含含糊糊。于是我自己也认为不好回答。于是顿悟这件事情因为它的不可求而放了下来。

前两年遇一事，难过，就去柳州的朋友家小住。她家是个复式的结构，她睡楼上的主人房，我睡楼下的客房，互不干涉。我照例吃了药睡。一夜无事。凌晨的时候，突然做一梦，梦境记不住了，只是记得最后有人对我说，生命的旅途就如长途客车一样，都是一站一站的，这一站下了车，下一站自有下一站的风景。当时梦中的我浑身一轻松，顿时呼呼大睡。我至今还记得那放松的感觉，好像全身一下子就轻了。我想，这应该就是顿悟的感觉。又过了一阵子，我那件事情还是过不了，又难过起来。某日的凌晨，也是在梦中，也是有声音对我说，世界上美的事情很多，你要去关注它们。当时我在梦中也是一阵轻松。再一次也是凌晨，我突然想起一句话，哲学是可以解决人生大问题的。是不是也是顿悟？

这样说来，我已经是顿悟好几次了。早就应该笑口常开，阿弥陀佛了。结果还是没有。但确实比起前一段时间好了许多。所以说，并没有解决困难的顿悟。顿悟是一时的领悟。如果你不把这个领悟付之于行动，再多的顿悟也是白费。有很多修行的人听到我说的这三个例子，都很羡慕。他们有的人在山上修了十几年，一次这样的感觉也没有。他们各种苦修，劳作，净心，忏悔，只是等待那一刹那的顿悟。

我目前最大的顿悟就是我们的个体，还是应该为这个世界做点有用的事情。比如前天晚上看到央视讲一个贫困地区的县委书记，他所在的村子四处是沙漠，他硬是带着村民建起了好大的一片林子，还把一座沙山挪平了，建起了一条公路。我就真的觉得这个人觉悟高，有理想。这些人都是上帝的选民，专门下来造福给百姓的。就像我们的写作，如果没有明确的目的，按一位朋友的话来说，就是记史。有许多事情都是无意中度过的。而且到后来看过去，却很有意义。所以说，不能想太多。该读书的时候读书，该写作的时候写作。就像那些修行的人，也可能修一辈子也顿悟不了。但顿悟可能就在修行的过程中完成了。每个人的悟性不一样，每个人的运气也不一样。越来越相信不可比较。比较就是最大的失误。想想我的两次顿悟，都是在无知中获得的。这样说，无知孕育着有知。所以也说，哲学能解决人生的大问题。

猫庙祈福

　　到猫庙的那天阳光灿烂，秋风萧瑟。经历了一个漫长的夏天，秋风乍地一起，人就想出去瞎逛。所谓瞎逛，就是无目的地逛。但还是有目的。之前听侄儿说起在番禺有个猫庙如何如何，于是就起了好奇心，这天就和侄儿开车去看猫庙。记得车子走过了好多地方，七拐八拐来到一个村庄里，还经过了一座屈氏祠堂。四处一派南方乡村的景色，鱼塘、甘蔗林，还经过了一间屠宰场。总之到了一个小巷口，侄子停车，说，我们先请香。于是我们下车。看到卖香的年轻妇女和我侄儿很熟悉，说说笑笑的，我就知道侄儿来这里肯定不是一次了。

　　我们都是爱猫之人。我家的老猫养到19岁仙逝之后，我太过伤心，就没有再养。现在我侄儿的猫也已经19岁了。我们请香，看见请的是一只条纹的纸老虎。我问卖香的，她也说不清。好像是说这只老虎能克住这只猫。我看看我侄儿，他还是一副浑浑噩噩的样子。哎，我这段时间和好多80后的年轻人打交道，觉得他们一个个都是三头六臂，哪吒托世，无比能干。看看我的侄儿，终是一副无所用心的样子，都不知道以后怎么拼得过别人，一想差点老泪纵横。

　　于是赶紧收拾心情，拿着请好的香和纸老虎，走去猫庙。猫庙就在一条乡村公路的路边，有两个门，一边门锁着，从开着的门进去，里面却是一尊观音像。我侄儿说，现在庙要扩大，所以请了观音回来。于是我们先是拜了观音，再去拜猫。从观音像到猫像有一段小小的路，一样有小桥，有放生池，路上还见到一个中年妇女，应该是居士，和我侄儿打着招呼。我看看侄儿，不知他来这里多少次了。这座猫庙到底有什么吸引他的？

接着我们走到一个院落，看见一座庙旁边有几块残砖，残砖前却有一堆香火，两边各一棵榕树。侄儿说，原来的猫猫就是供在这里的，虽然现在移到旁边的新庙里，但上香的人还是愿意在这个位置上香，说比新的地方灵光。于是我们也在这里上香。上完香，终于看到那只猫了。神猫放在玻璃柜里，是只石猫，身形肥大，咧着嘴巴。侄儿说，从前的人来拜，都喜欢拿猪油来封它的嘴，说这样就可以不让人家讲是非。我看看玻璃柜里的猫，样子还是凶猛的，肯定是只公猫。侄儿听当地的人说，"文革"的时候有人把它扔到了河里，结果那个人被车撞死了。把它从河里捞上来的人，却发了财，大把钱，也不在村里住了，搬到了市桥。如此说来，肯定是只神猫。只是它现在待在玻璃柜里，我也不能摸它一下，有些遗憾。

终于看到了神猫，内心有所安慰。于是和侄儿出了猫庙。这时关着的门开了，一辆日产轿车开进来，进来了一个矮矮胖胖的师父。我侄儿上前和他打招呼，并向他介绍我。原来他是海棠寺的师父，是海棠寺那边派过来的。这让我想起从小看到的小说里写到的神职人员，也是这样派来派去的。没想到佛教也一样。师父说他刚在莲花山主持完一个水陆大法会回来。寒暄了两句，我们就各自走了。我们离开猫庙的时候，看到门口的两尊守护神的坐骑居然是只公鸡。啊，看来我们未知的事情多着呢。

吃酸汤鱼的N个地方

　　一说到去贵州吃什么，肯定有一个答案是酸汤鱼。在很多人嘴里的酸汤鱼都是神化的。他们常常把酸汤鱼说得无比神圣，令很多听众和食客想起酸汤鱼都摸不清到底他们将要吃到的是什么？其实酸汤鱼就是把鱼放到酸汤里煮，如此简单而已。我第一次去贵州时其实并没有吃到酸汤鱼，那时只记得吃街上的麻辣烫和大排面。那次吃完麻辣烫就去了黄果树，结果麻辣烫引起的肠胃不适使我在黄果树很没有尊严地躺了几个小时。距离第一次去贵州隔了很多年再次去，是去黔东南的凯里，记得是《佛山文艺》组织的笔会。去之前大家对黔东南都很陌生，因为距离产生美感。我也是一听"黔"字就想到"黔驴技穷"等的汉字成语。无论我们去过多少次，"黔"对于我们来说都是一个神秘的地方。至于那次去凯里吃到的酸汤鱼我应该是忘记了，只是记得那次有一趟很恐慌的漂流。我坐的那只橡皮船在河里翻了无数次，河里石头很多，真的很危险，毫无乐趣可言。而且吃酸汤鱼是在一个黑乎乎的地方，人又多。于是，这次去贵州，当别人说起贵州有什么美食，我就想起酸汤鱼和鱼腥草。到贵阳的第一个晚上，好客的主人就把我们带到一个叫"西江传奇"的地方吃酸汤鱼。那个地方离贵阳有点远。一路上见到现在的贵州见缝插针地在山地上盖房子。一位朋友第一次到贵阳，直说很像香港。这个叫"西江传奇"的地方是盖起了仿苗寨的建筑。哎，我一见到少数民族的建筑就想起我们国家还有56个民族，要全是我们汉族就惨了。进了寨子，照例是有穿着苗族服饰的汉子在吹唢呐，还有穿着苗族衣裙的少女在欢天喜地地走着。一走到这些地方，我就想起某本旧日读过的武侠小说。寨子里的一排笼子里还放着好多高大威猛的斗鸡，好久没有见到这么威猛的鸡类了。我站在笼子面前，老是想着把笼子的门打开，让它们跑出来。我们要了一间在二楼的包间，酸汤还没盛到碗里，楼下已经歌舞升平了。再看看窗外，一轮新月挂在蓝湛湛的天空，正是初一。在月光和灯光之间，跳舞唱歌的人好快乐啊。人影幢幢。这次的酸汤有点辣，全部人都吃得满头大汗。而主人却说，我们这里的女生，是最爱喝酸汤的，一坐下，就要盛一碗，喝一碗。在贵阳的第二天晚上还是吃酸汤鱼。这次是在市里。我们去了青岩古镇往回走，几个人叫了一部"面的"，讲好了价钱。到了地方，一看，也是一所苗寨。只是这晚的酸汤更合我们口味。因为没有那么辣，番茄更多，营养更丰富。而且这次的鱼更好。在贵州走了一圈，看了冬寨的鼓楼，又看了西江苗寨，想想已经是第五次来贵州了。这时，贵州已经慢慢在我的脑子里面清晰。中部的贵州，黔东南，黔西南。这次最后吃的一餐酸汤鱼是我请客的，在凯里。而八月初的贵州之行结束之后的一个月，我又收到了去贵州的邀请。于是我又做好了再次吃酸汤鱼的准备。

新月和觉悟

　　再说云门寺。当在微信上看到我写云门寺的文章，有一位研究佛学比较精深的小学同学发来信息："花开五叶，云门其一。"我没有仔细去问他。因为这位神秘的同学永远不知在哪里，只会偶尔在我发的东西上冷不丁地讲上两句博大精深的话，然后就不见了。我想他的意思大概是说云门寺是虚云老和尚建立的寺院之一，还有江西的云居寺等。

　　当天我们在云门寺挂单住宿，是一个宿舍四张床。我们去的时候，并不见同房的两个人。只知道她们已经住下了，大概是去了上香。当我们晚上回到宿舍的时候，就见到两个年轻的女子坐在床沿上，我们就问她们是哪里的。她们就说是东莞的。我问她们第二天早上去不去早课，她们说不去了，要睡觉。一夜安静。两个很安静的女孩子。真好。我喜欢安静的人。第二天早上，我和同伴要去上早课，四点起床。同伴非常无教养地把宿舍的灯全打开，顿时一片光明。然后同伴声音很大地上洗手间，拖鞋挞挞地响。我很担心地看看那两个东莞的女孩子，两人明显是给吵醒了，但是闭着眼睛，连表情都没有。那时我的安眠药效开始过了，才看见室内的光管原来有两盏，一盏是管里面两张床的，也就是东莞女孩子的床位，一盏是管外面两张床的，也就是我们的两张床位。我就说我的同伴，你干吗要打开别人的灯呢？让人家好好睡觉嘛。我的同伴才很不情愿地把灯关了。我为了不吵她们，也不洗脸了，算是对我的同伴无教养的道歉。上完早课，去吃早餐。寺院里吃完饭都要求自己去洗碗，这时我的同伴体谅我，就帮我把碗一起拿去洗。这时我的安眠药效还没有过，坐在那里发愣。一个年轻的僧人走过来，指着饭桌上一副空碗筷说："怎么不洗碗？"我看了看，果然是我面前有一副空的碗筷，明显是用过的。但刚刚好多人围着一起吃，我也没注意是谁把碗筷丢在这里没洗了，但肯定是一个教养不好的人。我摇摇头说，不是我的。但那个僧人显然不信，态度很不好地说："吃了东西连碗都不洗？"话里面的一层意思是，已经白吃了还不洗碗？我也不高兴了，还是说，不是我的。眼看就要争起来了，旁边走过来一个中年妇女，样子非常慈祥，一句话不说拿起碗筷就去洗了。那个僧人才作罢。我看看那个女子的背影，非常感谢她，不然一场无谓的争吵就要起来了。但自己还是惭愧。对比起那个洗碗的女子，我的觉悟低了很多。

四点出来做早课的时候，我们刚走出住的院子，就看到天上的一弯新月。好秀气的新月，柠檬黄，在漆黑的夜晚如少女般的甜美。新月和觉悟，云门的收获，又想起同学的那句话："花开五叶，云门其一。"真是处处有高人。

端午粽子

　　在家帮忙的阿姨今天对我说，下星期要请几天假，因为端午要到了，找她要粽子的客户很多，忙不过来。我说，正好呢，我下周要出差。她听了很高兴，说，那就好了，端午前我会拿几只粽子给你。对于吃粽子这件事情，我倒不是很热心。因为好像胃不是很接受糯米，经常是满腔热情吃了，反倒胃就不高兴了，常常要抗议。但这个阿姨好像是靠卖粽子为生的。她来了以后，没事情我们就聊天。她比我要小十岁，但生了五个还是六个孩子，我也记不住了。只是记住了我国的计划生育的失败。她也是那种情况，前面的都是女儿，一直生到有儿子才停下来。老公靠开摩托车搭客挣钱，她说其实已经被城管没收了好几部摩托车了，但还在开。我说，那挣的钱不都没了。她就笑笑，没事一样。她说原来两公婆靠包粽子卖粽子，一个月也有好几千，后来包粽子的人越来越多，她才出来做家庭工。这个阿姨身材高大，且比我苗条，做事情很麻利，真是挺好的阿姨。开头要她包做饭，她就嚷嚷，说自己不会做饭。我说，鸡蛋炒番茄你总会吧，你就帮我做这个就行了。后来教她莲子百合炖瘦肉，她做得挺好。现在已经成为保留菜式。我观察了一下，其实她很会做事情，但自尊心很强。我就慢慢教她。其实有一两个菜式就好了。我平常老在外面吃，回家就想清淡。

　　再说她的粽子。她是广东封开人，也是肇庆那边的，也是吃西江水长大的，那一带的人都会包粽子，常常令我怀疑是不是屈原老先生的灵魂留在了那里。她包的粽子确实好吃，绿豆放得多，肥肉分量恰到好处，咸淡也正好。常常是吃了一个又忍不住要吃第二个，弄得胃又要抗议了。她粽子生意好的时候，包了好几家酒楼的粽子，一家七口就靠她每天这样包和卖粽子为生，还赚了钱回老家盖房子。听得我觉得她好伟大。其实人怎么都是活一辈子，像她这样，也活得高高兴兴的，儿女成群。在她看来，包粽子和把粽子卖出去是天底下最高兴的事情了。因此端午节也是一年中最重要的节日。

今年的龙舟水是下个不停，过了五一假期就开始下。端午节快到的日子，隐隐约约地听到远处传来的锣鼓声。我问阿姨，她们那边有没有划龙船的。她说，有啊。她老公在家的时候就是划龙船的。说着的时候脸上泛出一丝笑意。于是遥想她的当年，可能就是在西江边上看着那些划龙船的男人们，并在那时启蒙了她的乡村爱情。那是一段我们都不了解的生活，但起码活得比我们都要放松。一边包着粽子一边生下六个孩子，这样的生活真是我们无法想象的。对生活的企望通过片片荷叶散发出去，这必定带着荷叶的香气。所以那些经过她的手包出来的粽子都带着生命的热望，于是受到了大众的欢迎。

燥热的春节

　　今年春节真是很热，好像感觉上从来没有过的热。看见好几个晚辈都穿着短袖去逛花街，一下子觉得很荒诞。年初三去火车站接我大姐的儿子，他和太太来广州过春节。一见我们就说热。看见他已经只是穿着短袖了，还说马上去买短裤。说是在北京穿着羽绒来着，全塞在箱子里了。我最喜欢春节的温度是五度到十五度这样。房间里开着小暖气，床上的电热毯可以先开着一会儿，盖着床被子看看微信什么的，然后看着冬天的阳光懒洋洋地晒到床上，好舒服的日子。这时候广州的冬天是最舒服的，哪儿也不想去，就想猫在家里。然后在微信里看着各路朋友在哪过年，有去老挝的，有去越南的，有去土耳其的。现在微信真好，主要是有照片看，看着就想起自己去的时候，吃过些什么，买过些什么。侄女最近成了旅游狂，春节看她去了夏威夷，于是就发微信叫她买夏威夷果巧克力。想起自己去的时候这种巧克力很便宜，又好吃。因为今天春节前段冷，所以年花开得迟，应景，不像去年，因为春节前天气热，桃花早早就开了，还没过年满街都是桃花，卖桃花的花农愁死了。今年的桃花倒是好的，年二十六的时候还是含苞待放。小区的花园也放了好几棵桃花，整个春节都开得灿烂。有预测说，中国人的旅游狂热要延续到2025年，就是说，还有十年左右，满世界都是中国人民。于是想起我十五年前去欧洲的时候，所有的景点都有日文，十五年过去，现在所有的景点都有中文了。姐姐的儿子后来去了澳门玩，回来说人多得不得了，押大小最小一注要五百元，民居放出来的房间都要一千多元一晚，完全是狂欢节了。于是暗暗庆幸自己在国人大旅游之前已经去过了很多地方，看到了很多美景，即使今生再不出去旅游，也毫无遗憾。万里路走完了，下半生就看万卷书吧。燥热的春节，倒还是有很多朋友像我一样猫在家里看微信发微信吃吃喝喝就过完了。于是想起春节和圣诞节的区别，圣诞节的仪式感比春节就重很多，街上也华丽很多。而春节的内容比圣诞节却丰富很多。现在的广州，一到春节，外地人回家了，旅游达人出去了，全城静悄悄的。真是好啊。也不堵车了。一千五百万人就剩下一半不到，这时的广州，再加上温暖的冬天，真是最适宜人类居住的地方。各种旅游达人在这个疯狂旅游潮中此起彼落，有背包客，有土豪游，有小资游，看着微信群中的各式生态，暗暗庆幸自己已经不用卷入这个旅游大比拼当中了，可以逍遥地暗自过自己所要过的生活。像哪本书的书名？《生活在别处》。

而春节，一年比一年地失去意义。对于小朋友来说，春节是拿红包的节日，对于上班族来说，春节是旅游的节日，对于我们来说，如果春节可以再冷一点，它就是最好的节日了。

革命伴侣

　　曼德拉去世，全球哀悼。这时我才知道平时很喜欢的黄家驹的那首《光辉岁月》原来是为曼德拉写的。再看看最近的杂志和报纸，我被一张首次看到的曼德拉和温妮的婚纱照深深打动。23岁的温妮光彩夺目，明艳照人，和后来我们所看到的温妮判若两人。岁月真是一把杀猪刀。想想那时的曼德拉和温妮，可谓是一对理想主义的革命伴侣，才情加革命，所向披靡。想想他们那时的年华，肯定是浓情蜜意，光辉灿烂。虽然短暂，但人生有此一段，已经足够。后来曼德拉入狱，21年后再见温妮。如曼德拉所说，21年后才摸到夫人的手。这种恋情，真是惊世骇俗。可惜二人却在曼德拉出狱后劳燕分飞。又如曼德拉所说，出狱后和温妮在一起的日子，是他"最孤独的日子"。再多的感叹也没有用，事实就是这样。革命伴侣，都是在最激情的时候，但岁月毕竟不可能是永远都有激情。另一对革命伴侣阿拉法特和苏西。苏西当时是一名白人女记者，怀着无比崇尚的心情采访阿拉法特，英雄却爱上了她。不记得在哪篇文章里看到，说阿拉法特夫人抱怨说英雄不讲究生活细节，随便一张床，哪怕是最烂的木板床都可以随便入睡。后来阿拉法特逝世，他的革命伴侣被指责卷走大笔革命财产，带着女儿到巴黎过着奢华的生活。但因为她是阿拉法特的伴侣，是阿拉法特的爱人，人们也不了了之。某天看到她和女儿被狗仔队偷拍的照片，都是背影。但是并没有看到奢华之气，只看到深深的孤独。于是想起小时候看的那本著名的革命小说《牛虻》，里面的主人公最后也是孤独至死。小时候看这些革命小说，心中不知有多热爱那些革命英雄，觉得这个世界上最浪漫的事情就是孤独。反而家庭幸福的都是大俗人，一点都不好玩，个个都如凡·高那样才是理想中的世界。毛泽东和江青也是革命伴侣，在延安这个著名的革命圣地相识相恋，后来的事情我们且不去评说，但当时他们肯定都是怀着对革命的热情走在一起的。人在年轻的时候，都会热爱革命，这点都很值得探讨。最根本的一点，就是革命肯定是可以引起年轻人的浪漫情怀。像崇尚浪漫的法国，也有无数次的大革命。因为革命，才有《悲惨世界》，才有《雾都孤儿》，才有《巴黎圣母院》，才有《安娜·卡列尼娜》。因此，革命并不是我们认识的"文化大革命"，它是源自于浪漫，源自于对现实生活的不满，对未来新生活的想象和热望。所以，才有了那么多的英雄和美人的故事，那个项羽和虞姬，又何曾不是一对革命伴侣？革命伴侣流传千古，而大团圆子孙满堂的好命人，个个无声无息。这就是浪漫和平凡的区别。

月亮狂想曲

中秋节刚过两天，晚上回家，车子经过广州大桥，无意往窗外一看，看见一轮橙黄的月亮不偏不倚地就挂在广州塔和东塔的中间、猎德桥的上空。夜晚的广州塔像水晶塔一样的五颜六色，闪闪发光，而东塔和猎德桥也毫不逊色，把广州大桥的东侧装扮得如同童话般的美丽。而月亮，又大又圆的橙黄色的月亮，恰好就挂在了童话般的夜色上。车子瞬间走过，而美景却永远留在了心里。想想羊城八景中的一景"鹅潭夜月"，和我看到的新广州的夜月相比，究竟又如何分出高低？想起好多年前去白天鹅宾馆唱K，那房间就靠着珠江。靠着窗往外一看，那著名的"鹅潭夜月"就挂在窗外的天空上，清冷冷的月光照着珠江那流淌了千年的水，江面上也飘浮着月亮孤清的光芒。房间里的人正唱着"江水东流一去不回头，又是落叶的时候"。哎，不知如何就伤感起来。但现在看的这轮月亮，好像要比二十年前的那轮鹅潭夜月来得热闹，来得辉煌，来得童话，来得卡通。二十年前的那轮月亮，虽然照在了著名的鹅潭之上，但还是很孤清。当然孤清自有孤清的美，也幸亏那时年轻，心里热闹，也就爱孤清。不像现在，心里孤清，就不能看孤清的东西，反而爱看热闹的东西，巴不得天天都在主场上看着恒大队踢球，不管他踢得好不好，总有六万人在陪着你。于是就爱上了那轮挂在广州塔和东塔之间的橙黄色的月亮，觉得她温暖、喜气，如劳动人民说的，哎，那个月亮啊，就跟画出来一样的。我还真的喜欢上那轮月亮了。你看中秋节过了多久了，我心里还一直就挂着那轮月亮。那天晚上天气晴朗，雾霾消散，那轮月亮还升得不高，现在再想想，其实是柠檬黄。一只大大的柠檬扁扁地贴在了夜幕上。于是又想起一首旧歌："月儿像柠檬，淡淡地挂天空。"一时间，从前见过的那些美丽的月色一股脑地都涌了上来。最惊艳的是某次从长春坐火车到哈尔滨，夜晚的时候，一人晃荡着坐在通道的凳子上，眼睛无意中望向窗外，啊，那轮白花花的月亮就这样地挂在窗外，如同一只大大的白灯笼，像极了在日本看到的挂在神社里的白灯笼。那白灯笼照着冬天的雪地，比起那鹅潭夜月来，另是一番滋味。白灯笼般的月亮照耀下的广阔雪地，空寂无人，寂静无声。那种渗入身心的美，无法言说。那时就想，看到如此美丽的月色，也没白活了。可能是生长在南方，我竟特别喜欢东北冬天的景色。那种辽阔，那种寂静，好舒服。又想起了这一生度过的无数个中秋之夜。那些圆的丰满或不丰满的月亮，那些白的或黄的月亮，那些大的或小的月亮，或者是梦中的月亮。或者是因为太阳光线太强，不能直射，于是我们只有就遥望月色来想象天上的世界。嫦娥和玉兔，还有吴刚，还有桂花酒。但关于月亮的传说都是清冷的，如同我们看到的鹅潭月色。这样就能解释我为什么特别喜爱那轮挂在小蛮腰旁边的柠檬黄的又大又圆的月亮了。因为她居然不清冷，而且喜庆。

又到了吃月饼当早餐的时候了

前几天有北京的朋友来，临走时托我买二十盒月饼寄到北京去。我不知道她为什么那么热爱广东月饼，今天看到朋友发的一则微信，上面有张图，是一只切开的月饼，他很矫情地配上文字："又到了吃月饼当早餐的时候了。"

朋友住在花园酒店。当其时，花园酒店的大堂的一侧正在卖月饼，拿着月饼票来兑换月饼的人络绎不绝，人头涌动。她非常感兴趣地看着拿月饼的人们，多则几十盒，少则两三盒。她似乎就是在那个时间下决心让我买二十盒月饼寄到北京去的。这时，一个手里拿着一沓月饼票的中年女人走近我们的身边，低声说："要不要月饼票，可以便宜给你们。"于是我就问她多少钱，她说，按正价的八五折。我们就算了一下，两百多块钱一盒的月饼折下来大概是一百七十元。我想起了那个艰难的任务，就对她说，不如你现在就买了，到了机场托运，还不用我去寄快递。但她坚决不同意，说这些卖月饼票的人行为不妥当，不能支持她们。我只好暗自叹气，想到自己往后几天的艰难行为。于是想想吃月饼这种奇怪的风俗，想想自己生在广州几十年，从来就没有完完整整地吃完过一只月饼。不管是单黄莲蓉、双黄莲蓉还是五仁，更别说后来那些花样翻新的水果月饼。但我知道月饼在食品中是暴利的，很多酒家一年的利润就眼巴巴地看着那一年的月饼的销售。但也要允许我们的国家有某种奢侈品吧。这月饼就是食品中的奢侈品。有一段时间我很爱吃香港的荣华月饼，最主要是觉得它的莲蓉够香，够滑，蛋黄够大。之前有个有钱的文友，每年都会给二十张白天鹅宾馆的月饼票。但是因为说是可以用来饮茶吃饭，我们就常常拿了来去饮茶。但这两年白天鹅宾馆装修，这美好的人情福利也戛然而止。特别是这天，我多么盼望白天鹅宾馆今天就装修完毕开张大吉，而我们那位豪爽的朋友，又送来二十张月饼票，我就快快拿了，速速寄去北京。这个愿望目前是不可能实现了，只好乖乖地去超市买月饼。先是买了"陶陶居"五仁，这时，另外一位朋友六张"东方宾馆"的月饼票非常及时地到了，解决了一部分。而当你在这个时候走进广州的任何一间超市，里面满满地堆满了琳琅满目的各式月饼，除了几个老牌子的之外，还有各种各样的新的牌子，还有很多是佛山的和东莞的，都要比广州的那几个老牌子的月饼便宜。前几天到东莞当某项活动的评委，也拿了两盒月饼，于是七凑八凑，居然很快地就凑到了二十盒。立马去寄快递。但快递说，因为中秋节太过繁忙，寄到北京也要三至四天。但总之是完成了任务，大大地松了一口气。

但还是留下了一盒给自己。元朗荣华的品牌。里面有黑芝麻，有核桃，有红豆月。今年好像流行吃红豆月饼呢。

柔软的梧州

　　一直就很向往梧州。说不上什么很具体的理由。有时在意识里感觉到她是广西的"边城"，或者是那里也有一个翠翠？其实一直都没有去过，但对于这座城市却有着模模糊糊的向往，中间夹杂着某些浪漫的情怀。再细想，这丝浪漫的情怀来源于旧时候梧州来广州的那段水路。因为那时从梧州到广州是坐船沿西江而下，坐一晚的船。小时候就听别人述说那段水路很漂亮，有"两岸猿声啼不住，轻舟已过万重山"之境。于是一直就想坐上那只从梧州开往广州的船。沿江而下的船只往往给人以浪漫的想象，在黄昏中看着夜色降临，两岸秀丽的景色在夜色中慢慢隐退，那些江边的竹林，半隐半露于竹林间的农舍，穿行于农舍和竹林间的黄狗，每到一站，船笛悠长的鸣叫声，从乡间小路上小跑过来的听到了船笛的鸣叫乘船的乡民，一切一切，都如一幅幅画卷，来自人间的充满生气的画卷。夕阳在平静的江面照射出金黄色的涟漪。当夜色完全降临后，人在半睡半醒之间，听到船身外面的水流细细的语言或者是歌声，很轻的歌声。然后你就枕着这歌声入睡。

　　于是梧州对于我，就是一只枕着歌声的船。一座城市，化作了一条浪漫的两岸风景不断的航道。慢慢地，梧州也在我的想象中隐退，只剩下了风景迷人的航道。

　　而当我真正踏入梧州的旅途时，却是行走在高速公路上了。广州到梧州，三个半小时的车程。

　　因为有了高速公路，我们再也不浪漫了。只想快一点，不要在路上耽误那么多的时间。什么竹林、农舍、炊烟、黄昏中的涟漪，什么都比不上快重要。甚至在出发前，我都没有想起从前对梧州的向往。直到车子开动，才问身边的朋友，梧州有什么好看的？朋友说，骑楼。我和几个朋友一起问，是真骑楼还是假骑楼？我们说的假骑楼，是指拍戏搭的景。朋友就急了，说是真的，像极了广州旧时的永汉路，或者上下九路，又或者六二三路。她这么一说，我突然想起西贡的五区，我们住在那里，一走到街上，马上以为自己是在广州的大新路。我们当中有一个朋友见多识广，一讲起骑楼，马上就讲起大马的槟城，或者香港的上环。

我们是去梧州饮喜酒的，一个粤剧老人的九十大寿。车子已经开进梧州城了，我才想起儿时对这座城市的向往。于是问身边的朋友，你们坐过从梧州开往广州的船吗？

可他们并没有人对我这个话题感到有兴趣。因为离吃喜酒的时间还早，于是当地的朋友就带我们去了梧州的骑楼城。骑楼城不虚此名，很大的一片，层层叠叠。一起去的朋友还认出了她在1979年来梧州的时候住过的一间宾馆，她说是认出了宾馆骑楼上的长长的露台。我们下车，在骑楼下吃咸酸，像游客那样四处拍照。我拍了一个公共汽车站，因为上面写着"大南路"，和广州的"大南路"名字一模一样，而且上面写着终点站是白云山。看来梧州是崇尚广州的，许多地名都和广州的一样。骑楼也盖得一模一样。据说因此现在很多拍旧广州的戏都来此地拍。

我看到骑楼下面有卖竹席的、草席的，花色和质地都和我们小时候用的一模一样，还有一家卖龟苓膏的，我正想走过去，但却被当地的朋友拦住。他说，不要买，现在都没有正宗的龟苓膏了，连正宗的蜜枣也没有了。梧州三件宝，现在只剩下案板还有点靠得住。

像朋友在微信里说的，"盛世或者末世都是这样，把柔软的东西从心里抽走了，剩下的都是坚硬的东西"。

看戏有风险

接连看了几出烂戏，真是郁闷。一出是话剧《青蛇》，一出是越剧《江南好人》。当然不是第一次看烂戏，但以前看到烂戏好像还有心情包容，现在已经连这个的包容力也没有了。因为不光是看到了烂戏本身的气愤，而且其实看戏是相当花费时间的。一则因为看戏的时间多是八点开场，你还要预出到戏院的时间，所以一般都是要在戏院附近吃晚饭，如果和朋友去的话，则肯定是要约着在哪里吃饭碰面，再三商量，从下午就开始筹划。像前几天晚上看的一场粤曲专场，因为朋友专门从香港回来为主角捧场，于是光是晚饭在哪里吃已经微信了几次，好在现在有微信，不用打电话了。然后又要张罗叫谁去看。并不是很多人都喜欢看戏的，像我有几个都很有品位的朋友，就坚决不去戏院里看戏，说是太浪费时间，他们说，如果现在的戏院还像以前旧社会的茶座，可以抽烟，可以吃瓜子，可以大声说话，他们就去。所以，每次看戏，都要想，叫谁去看呢？那天还下雨，停车的地方又找不到，很是操心。所以，如果你花了那么多的精神，看了一出好戏，那还值得，如果是不好看的戏，你坐在戏院里坐立不安，就会马上想起那些不看戏的朋友的英明。记得一次是在北京的国家大剧院看话剧《立秋》，看了十五分钟后实在忍无可忍，就走人。还有一次是去看中文版的《妈妈咪呀》，也是看了十五分钟走人。很多年前在北京和莫言等几个朋友去看电影《廊桥遗梦》，记得还是配音的，看了二十分钟左右，几个人同时站起来走人。还有，还有……真是看戏有风险啊。这么多年，看戏还真是消遣的一项很主要的活动。那时看什么都觉得好看，津津有味。但现在可能是烂戏太多了。经典也演完了，戏团总要生活，于是，排新戏就成了剧团的谋生办法。于是我想起了日本，他们的歌舞伎都是不演新戏的，永远演经典。我是赞成这种态度的。特别像中国这么有传统的国家，光是老戏每个剧种都有几千出。在里面挑些优秀的出来演，总要比排一些不三不四的新戏要好。因为艺术是要积累的，而且这个积累过程非常漫长。如果做出了一出好戏，就应该反复演，反复改，真的不容易。你看这几十年全中国推出了多少新戏？应该有几万部了吧？你能说出哪一部是你永远记得住的？还不是《牡丹亭》？还是说回看烂戏的经历，那天看越剧《江南好人》，还是在大剧院演的，还是茅威涛的，但好不容易忍到中场休息，赶快走人。快走到门口的时候，居然看到好久没见的几位朋友，她们也是趁着中场休息走人的。其中一位朋友还是茅威涛的粉丝，大家见了面一致说，真是看戏有风险啊。

游戏的空间

　　最近看一篇写德国人教育的文章，深有感触。文章的主角在德国带孩子，要带孩子上德国的学校，她也像当前的中国人民一样，要孩子上很多的课外课，结果被学校劝阻，理由是让孩子的大脑留下空间，说只有留下了空间，才能让孩子长大后有自己发展的空间。这样一说来，倒是让自己长时间的困惑得到了证实。我是在"文革"中长大的，应该来说，小学和中学都没有正式上过什么课，只是疯玩，看小说，参加各种的运动队。但我回想起来，我的童年和少年都是十分快乐的。而且长大后一点也没有遗憾。想起小的时候，我们有多少游戏玩啊，一边唱红歌一边跳着橡皮筋，玩捉迷藏，还爬到榕树上。打纸包、玩烟壳、弹玻璃球、养蚕、吃忆苦餐、跳方格、自制枫叶书签、集邮、集糖果纸；总之，一天到晚就是玩，然后听到各自父母的喊吃饭的叫声才依依不舍地回家。第二天继续玩。然后看各种小说。其实小孩子真的不用学那么多东西。成人的世界自有成人的规律，跟小孩子学的东西完全没有关系。一个小孩子，在未成长的时候脑子已经塞得沉甸甸的，长大了以后，真的是没有空间了。人的一生，创造性是最重要的。对于这个世界来说，最令我们惊奇的就是人的创造性。只有创造，才会有奇迹。只有创造，才会有天上的焰火，那些灿烂的人生，就像我们看到的天上的焰火，想想我们少年时代心目中的英雄，都拥有想象力的人生，敢于冒险的人生，浪漫的人生。只是现在成年了，一下子掉进社会的泥潭里，脑子也灌满了泥浆，越来越没趣了。自古英雄出少年，年轻时不做点什么事情，老了回想这一生，真是太无趣了。现在太多的心灵鸡汤劝告人们要安于现实，其实安于现实只是一种哲学观。但你在具体的行进过程中，还是要浪漫一点的好。想想我们的少年和童年，真的很有趣，最具有讽刺意义的是，那居然是在一个高压年代，一个思想最禁锢的年代，一个人人诅咒的年代。这不令我们要三思吗？现在的信息太多，我们每天都要接受很多东西，脑子塞得满满的，自己也没有空间了。接下来的结果就是我们的创造力也消失了，光是消化别人的东西已经穷尽我们的一生。还是要找回自己的空间。我多么愿意回到童年啊。回不去怎么办呢？有办法的，这就是自己创造一个自己想要的空间。重新玩游戏，疯玩。暂时停下无谓的思考。总有一日，焰火会在你面前燃起。

魁雄六诏

在巍山住的第一晚，一夜暴雨。雷声隆隆。半夜里被雷声和雨声惊醒。那间客房，三面都是玻璃，住进去的时候，就是贪恋窗外的郁郁葱葱的竹子，那些竹子从一楼长到了二楼，严严实实地把窗子给挡住了。三面竹子的客房，令人心一下子就静了下来。而在雨声和雷声中，就居然听不到竹子摇动的声音，可能是雨声太大了吧。在一个陌生的地方，陌生的房间听到雨声和雷声，倒没有感觉到害怕。只是突然就想起庭院那两棵芭蕉。在一千八百米的地方，还长着芭蕉。今晚虽然也是雨打芭蕉，但和我们广州的雨打芭蕉，还是完全两个意境了。我们那儿的雨打芭蕉，是细雨洒落在青绿色的蕉叶上。哎，这时想起广州的雨，和高原的雨是这样的不同。

在隆隆的雷声中，突然想起下午和朋友一起去游玩的那座巍峨的古城楼，就在城的中央，厚厚的墙体，古朴的暗红色，名叫"拱辰楼"的，我站在城楼上，一直在说"好名字，好名字"。那座城楼，现在也是雷声隆隆吗？

之前从来不知道巍山这个地方。想起自己也是旅游达人了，基本可以号称哪里没去过，但真的就不知道这座城市。到了这里才知道，脚下的这片土地原来就是南诏国的国都。我们在县城中间看到的那座雄伟气派的"拱辰楼"就是原来南诏国的城楼。登上城楼看古城，十几条旧街围着拱辰楼团团展开，一点都没有被破坏。我太惊奇了。想着蜗居在大理的那些文青，怎么不到这个地方来了。巍山这个地方，太适合文青们过他们想过的日子了。这次经过大理的人民路，看到一个苗条美丽的女文青和一个男老外在卖艺甩火球，十分有趣。下了拱辰楼，我走去老街。巍山的老街也很有意思。因为游客少，每条街都很安静，两旁的院子都是老院子，这里的扎染相当有名，还有手绣的包包和鞋子等。一条老街满满都是五颜六色的绣品。我都买了一些。"魁雄六诏"是老街上的一块牌坊，字非常飘逸，透着仙气和霸气。看着这几个字，你就能想象出当年南诏国的兴旺。我还在老街上吃了一碗"一根面"的小吃，店家拿出一盆面，里面盘着的就是一根面。你吃多少她就跟你拉多少，面也很有劲，很好吃。

　　巍山的南诏国是彝族人的王国，当年的南诏国势力范围很大。在我后来住的雄诏宾馆门前有一块牌子，很清楚地画出南诏国的地图。这个雄诏宾馆非常好，里面的设施都是五星标准，在巍山这个地方，也不贵。我太想念这个宾馆了。只是早餐居然没有咖啡喝。问服务生，她说喝的人太少，所以不备。南诏是当时的六诏之一，最后是南诏统治了国家。巍山一带有很多道教的修道场所，巍宝山就是其中的一座道教名山。第二天，雨停了。晚上，我们再次去登拱辰楼。夜里在楼上观看旧城的全景，配着天上闪闪的星星，更为令人生发感想。楼里还可以喝茶、听戏。真是个好地方。

看龙舟

　　看龙舟就是看一个热闹。一到端午前后，虽然身居闹市，却依然能隐隐约约地听到来自四面八方的鞭炮声和锣鼓声。分布在珠三角的广阔土地上的纵横河汊，这时已经被端午的气息骚动了起来。那些年轻力壮的乡民，把一条条的龙舟抬出来，放了鞭炮，上了香，做了仪式，再放到河涌里。我看过好几次龙舟赛，有乡村自己组织的，也有政府举行的。但我还是喜欢乡村的龙舟赛，窄窄的河涌，两边是桑基鱼塘，龙舟上全是清一色的精壮汉子，赤着上身，额头上绑着带子，敲锣的敲锣，喊号的喊号，划桨的划桨，人和自然融为一体，非常的协调。端午历来就是对神的敬畏，对大自然的祭拜。人们在这个节日里，包粽子，点雄黄，驱邪恶。某年的端午，我站在珠江的某一河道旁，人有点儿昏昏欲睡，突然听到了阵阵的锣鼓声。那锣鼓的声音像是报着什么快乐的喜讯。马上人就精神一振，赶快顺着锣鼓的声音寻去，原来是不知哪里的村民自发组织的龙舟队伍在进行着比赛前的训练。因为是训练，龙舟上的小伙子都比较轻松，个个神情怡然，有个别调皮的还从船上跳到江水里游一会儿再上船。打锣的人年纪好像稍大，但样貌很威严，穿着一件黑衣。我观察了一会儿，看见那个打锣的角色就好像是乐队的指挥，划船人的节奏和快慢都是根据他的打锣的节奏来定的。我坐在岸上看了他们好一会儿，几条龙舟在江上鸣锣嬉戏，前后追逐，十分有趣，也十分热闹，给平静的江水增添了万分的活力。今年又去看龙舟，是很官方，是广州市政府组织的龙舟赛，有102支队伍参加，参加的队伍来自四面八方，有澳大利亚的，有新加坡的，有中国香港的，总之林林总总。看台就设在二沙岛的星海音乐厅的前面。因为有邀请函，想着不用站在江边受热，于是就高高兴兴地去了。珠江的两旁都有市民在观看，比赛还没开始的时候，我就先到处逛逛，看到江边停着好几条龙舟，都是打着黄色的旗子，非常鲜艳。打鼓的人穿着有点怪，像是汉朝的官服，但也是黑色的。旗子上写着某某区，喇叭上开始介绍说这次比赛是从海印桥出发，一共是六百米长，还说，上午预赛的时候是逆水，现在下午的决赛是顺水，但因为下午有风，所以是顺水逆风，给运动员增添了困难等。后来看报纸，说一位澳大利亚女子队的运动员已经六十五岁了，练习划龙舟之前是500磅，但现在已经减了一半。但我一想，减了一半也有250磅啊。前几天很热，沤台风，这天台风来了，但比赛的时候并没有台风的痕迹，只是天阴了一些，下了些小雨，有风。这些都给我们这些观众增加了高兴的理由。谁愿意在高温下看比赛呢？

回到老城区食

那天有个老板说请吃鱼生。其实现在是不大敢吃鱼生了，因为水质污染的问题。但很多热爱吃鱼生的广州人还是坚决地吃。这个老板就说，不怕啦，是我自己开的店，今晚食的是海鲈，绝对是海里的东西，你信我啦。但心里还是想，海里又怎么样了？谁知道是不是从日本游过来的？再说，现在很多号称海鱼的都是养殖的东西。但嘀咕归嘀咕，当白花花的鱼片上来的时候，也就埋头苦干起来。广东人吃鱼生还是传统吃法，不喜欢用芥末，也不用酱油，鱼生上来的时候，肯定配很多的配料，姜丝、蒜片、荞头、薄荷、花生等，吃的时候另上一只小碟子，你在碟子上一边放上白花花的鱼生，一边放上配料，鱼生上放一点点的盐，放大量的油，一定要油多。听说这是治虫子的，也不知是不是。为了不让虫子钻进来，我每次都是放大量的油。而我看旁边坐着一个东方宾馆的大厨师，他根本不放什么配料，就放一点点的盐，就把鱼生当吃炒粉一样地吃起来。他说所有东西都会坏了鱼生的鲜味。这天老板特别阔气，做了三条海鲈，一共是十五斤。所以一桌人埋头苦干吃个饱。还有冰镇的虾生。因为用的是淡水的罗氏虾，我不大敢吃，但后来还是忍不住，就着芥末吃了两只。这个老板很有意思。他的家庭本是粤剧世家，父亲母亲都是佛山粤剧团的，父亲还是团长，经常到香港和新马仔之流的名旦合演粤剧。但一般都是这样，父母做这行的，肯定不想孩子做，于是宁愿让他开餐馆，也不让他唱戏。但喝了几杯，他还是唱了几句，看得出他还是喜欢粤剧的，餐馆的墙上还挂着他和现在当红的粤剧名角的合照。他开的店在和平西路和珠玑路转角的地方，很亲民的一家店，生意兴隆，周围都是讲广州话的街坊食客，翻桌很快。他说旁边的珠玑小学的前身是广州第一间商号，也是第一间银行，但也没有人去发现。一个历史悠久的城市，总有这样或那样的唏嘘。去这家店的时候，走过长长的和平西路，久违的旧城区，一条条小巷，一间间路边的两层的旧楼，以前觉得很残旧，但现在却觉得很有味道。忽然想起以前住在这些巷子里或这些房子的同学，想起以前因为要去找他们而进入这些巷子和房子。现在这十年都在新区住，看见眼前这些充满历史感的旧楼旧街，突然想，是不是下半辈子会回到这些地方租房子度过？真的可以想想哦。有空再去梁老板的店里吃吃鱼生。

有得闲唱唱粤剧

最近感冒反反复复，前两天去做瑜伽，黄老师见我感冒，就说要介绍我认识一个老中医，说她常年去看那个老中医，感冒给他刮刮痧就好了。于是就约了黄老师一起去。去的路上，才听黄老师说她家是粤剧世家，父母是粤剧界人士，哥哥现在还是广州唯一的民间团的团长，在荣华楼有阵地。这位黄老师娇小玲珑，带着我们做瑜伽，看她的身体软得像没有骨头一样的，任何动作都可以做出来，令我们佩服不已。一问，原来她已经教了十几年瑜伽。而且因为是粤剧世家，她几岁就开始练功。这时我们才恍然大悟。大概受中医的影响，黄老师在瑜伽课经常揉入中医的经络拍打，所以大受学员的追捧。她有一段时间带大家做太极瑜伽，和另外的两位瑜伽老师相比，她做的瑜伽柔和很多，另外两位老师就很注重力量和呼吸。总之各有各好。在我看来，哪个老师都是好的，我只是看自己的时间，并没有挑老师的课来上。这天跟她去看那个老中医，除了刮痧，他还拍打我的两条手臂，很痛。整个过程我都忍住没有发出声音，得到老中医的大力表扬。他拍打完了还把了一下脉，说在这么痛的情况下我的脉还那么平稳，真的是心态好。他一直就在说我心态好。其实我是痛得眼泪都出来了。但还是不愿意喊出来。加上他连连夸奖，更不好意思喊痛。只是被拍得又黑又肿，心里想只要感冒好了，也值吧。这次感冒时间太长，老中医听我说吃了十几天的阿莫西林，大吃一惊，说那药伤肾气。后来跟我打脉，却长舒口气，说我的身体底子好，好像肾气没有伤到，但再也不能吃了。在我做治疗的时候，黄老师在老中医家如鱼得水，先是喝他家煲的粉葛鲶鱼汤，又吃老师蒸的叉烧包，又和中医的太太大谈辽参煲黑豆之功效。我痛得眼花缭乱之际，只是听她在客厅莺歌燕舞，心里好生不爽。但做好之后，倒还真是精神很多，鼻子也不塞了。心里一高兴，就问黄老师看不看粤剧。因为本月十七日在大剧院有新派粤剧《碉楼》上演。我说可以给两张票她。黄老师问大剧院在哪里？我说那是广州的新地标呀，你应该去看看。她一边答应着一边收拾包包。我问她去哪里，她说要去广钢教瑜伽。她说她同时兼了好几家企业的瑜伽老师。我看我们的那些瑜伽老师个个都很忙，证明现在瑜伽流行的程度有多高。只是另外的两个老师经常还要去听课，好像黄老师就没有她们那么热衷提高。她有所感地说，不要走火入魔啊。这句话说得我有点害怕。我看看她娇小玲珑的身体和模样，心想，还是唱唱粤剧的好。

切着齿点朱唇

这次去北京，研究昆曲的王博士带我们到大观园看昆曲。他是昆曲的专家，还特地说，今晚演的是北昆。

当晚演出的地方是大观园里的戏园，我们坐在第一排，我回头看看，好像就不会超过四排观众。但演出的人还是很专心，不会说因为人少就演得马虎。王博士除了研究昆曲之外，还携夫人一起跟北昆的老先生学习昆曲，据他说已经可以演两三出了。当晚演了三折，一折是《西厢记》里的"佳期"，一折是《奉荣华》里的"夜巡"，还有一折是《铁冠图》里的"刺虎"。三折戏演了一个半小时，数第三折"刺虎"最好看。演费贞娥的演员魏春荣神态身段唱功都很好。特别是一双眼睛，真是有神。在台上那双眼睛转来转去，把费贞娥的心思都说了个明白。昆曲的词也写得好，费贞娥咬着牙唱道"我切着齿点朱唇"，把人听得毛骨悚然。那时的人对亡国之恨真是入骨的。演费贞娥的演员是拿过梅花奖的，果然是不同凡响。开头那两折我看得没有什么印象，只是这个费贞娥，留下了深刻的印象。所以说好演员就是不一样。

大观园是仿《红楼梦》做出来的，记得刚做出来的时候，是个新鲜事情。我那时也在北京，姐姐的孩子带着我去玩。现在姐姐的孩子已经三十有多了。王博士还很客气，看戏之前还带着我们去大观园门口的南来顺吃北京小吃。因为不知道这家小吃是清真的，我在里面问人家服务员那些做好的肝是不是猪肝，因为我爱吃北京的酱猪肝，把王博士急得连忙制止我。差点被人打发出来。

看昆剧的前一个晚上，去首都剧场看人艺的《蔡文姬》。这段时间，正好是人艺纪念六十周年搞纪念演出，这晚刚好摊上的是《蔡文姬》，我想也好，那几出经典的也看过了，就看这出吧。票还挺贵的，一张一百八，另一张两百八。一百八的那张已经快是最后一排，幸亏首都剧场不大，但居然还是满满的。他们告诉我，北京有一帮人艺的粉丝，怎么着都坚决挺人艺。但这出《蔡文姬》实在难看，郭老先生那几出好看的也不演，反而老是演这出。估计是这出戏符合新中国的要求。于是想起在大寨的虎头山看到郭老先生的墓时的惊讶和感慨。前些年的蔡文姬是徐帆演的，这次换了人。一个叫于明加的演员，压不住场，也没有特点。

每次去北京，都总是惦记着看戏。于是想起一个朋友，他们两个双双离开北京到深圳发展。后来女的坚决要回北京，理由就是深圳没戏看。"除了洗脚还是洗脚"，这是她对深圳的评价。

月是故乡明

　　因为遇到一件突然的事情，结果就在中秋节之前出去了。其结果就是要在中秋节之前赶回广州，于是也就坐上一班满满是人的飞机。我飞那条航线已经飞了很多次了，都没见那么多人。之前用手机选机位，自己选取了靠窗的，给姐姐选了靠过道的，同一排。结果一上机，就看见我们那排的中间位置坐了一个外国人，年纪大的。又发现这架飞机有很多老年的外国人。外国人看见我和姐姐在说话，连忙问我们是不是一起的，我说是，他就自动地坐到靠过道的位置，心满意足地闭上眼睛。这时我们也没有办法，因为看上去他比我们要年纪大得多。想想年纪大了要出外的难处，我们也就让他了。飞机起飞之前，天空突然出现了两条彩虹，这倒是让我们大大地高兴了一番。因为在大城市的人，很难见到，而且是双彩虹。于是大家就想，是不是因为快中秋节了，这个飞机上肯定都是各怀心事的人。从白天开始就在微信里收到各种关于广州堵车的消息。果然在广州的上空，看见空气是非常的不好。于是就知道广州现在为什么空气这么不好的原因。在飞机上的时候，心情还是很平静的。虽然前后左右都是不认识的人，但是大家待在一个空间里，居然觉得并不陌生了，连外国人也觉得亲切起来。特别是大家都赶着回家过中秋节。有很长一段时间，月亮都在云层上面明晃晃地照着。我姐姐就问，月亮圆吗？其实就差两天就十五了，但月亮真的就是不那么圆，而且还好像缺了一点点。于是就很担心，如果十五那天的月亮还是这样好吗？不会闹笑话吗？又想起就在几天前在泸沽湖看到的月亮，那才叫月亮，明晃晃地照着没有路灯的田地。又想起二十一年前去泸沽湖的时候，那时根本就没有什么客栈，我们都是住在摩梭人的家里。那时的大洛水真是漂亮，而现在的大洛水基本就是惨不忍睹。我这辈子唯一幸运的就是在很多美景没有被人破坏前看到了它们。中国人最恐怖的一件事情就是所谓的上进心，什么都要力争上游。从小就教育你要力争上游。不能做一个平凡的人吗？一个有趣的平凡人吗？

由月亮讲到这些有点跑题了。飞机上十分安静。飞在万里高空是人类的骄傲。我们所有人都要千里迢迢地回家过一个节日。东方人是这样，西方人也一样。这也是人类的共性，谁也不能免俗。能够免俗便是所谓的大师了。在飞机上甚至想起家中到底有几盒月饼？是五仁的还是双黄的？是白莲蓉还是红莲蓉？或者是豆沙月？

而这样一想，心里马上安静了许多。很快，飞机也就到广州了，下面万家灯火。我们都是普通的一员，还是回家吃月饼吧，这样不会得抑郁症。

温泉小镇

因为喜欢泡温泉，所以喜欢有温泉的地方。只是这次日本地震引发出了一个问题，就是说有温泉的地方通常是容易引发地震的地方。这当然不能一概而论。像广东的清远恩平一带，温泉水多，但从来都没有地震的记录。清远和从化的温泉水质不同，清远的温泉水是硫黄型的，从化的温泉水是碳酸钠型的，通俗地讲，就是苏打型的。虽然我像大部分人的爱好一样，喜欢硫黄型的温泉，但好像比较来说，应该是苏打型的温泉更加珍贵一点，这种温泉的地方通常都标榜"无味无色"，属于上品。

记得第一次去泡广东的清远温泉是去银盏。那时是二十世纪九十年代初，我刚到文学所。那里的老所长是清远人，便带着我们去银盏泡温泉。记得那时的银盏是个疗养院，一排排的两层的黄色小楼掩盖在树木当中，温泉是在房间里的浴室里淋浴的，一开花洒，浓重的硫黄味几乎把我们熏倒。过了很多年，再去，银盏温泉已经被开发成一个有几十个池子的大型温泉，再泡，已经是一点硫黄味都闻不到了。十几年前，去到现在开发成度假区的珠海海泉湾温泉，那时只是在海边的一个极其简陋的招待所一样的地方，也是在房间淋浴，但其温泉水的清爽令人难忘。温泉水打在你身上的感觉难以形容。但开发了以后，就一点当时的感觉也没有了。这令我想起我们去土耳其的棉花堡，那里的温泉是十四世纪贵族就留下来的乐园。我们住的酒店里就有一个池子，但是非常的小，水是土黄色的，但很滑。温泉由政府控制，不许过度开发，几十个游客就挤在那个小小的池子里泡。云南丽江也有一处温泉，很小，游客也不多。但最近听说已经给某个集团买下，要做成酒店开发。估计开发出来的温泉水也大大变样了。最近去云南，朋友带我去大理附近的一个叫作地热国的地方。我去了之后，发现那个地方给开发商搞得大而不当。汽车可以在里面开来开去，当然水还是有硫黄味。后来看了一下地形，才发现从前这里是茈碧湖的一块湿地，却给那些可恶的开发商用水泥填了。真真可惜。这使我想起新西兰那个著名的地热国，也可以泡温泉。但他们却没有用水泥去填湿地，而是利用了湿地。你泡在温泉里，可以欣赏湿地的美景。那天我是早晨去泡的，池子外面鹭鸟在飞，太美了，不远处一个男人在泉水里做瑜伽。而云南这个地热国硬生生地把人间美景毁灭了，真是令人痛心。痛心之余，那天傍晚和朋友一起去茈碧镇闲逛，走到一条小巷里，闻到一股强烈的硫黄味，随即看到地上的青石板上有一小口，正咕咕地冒着温泉水。一会儿见当地人拿着罐子来装水，问他们怎么用，他们说拿回去洗澡，另一个说拿回去喂猪。说猪喜欢吃这水煮的食料。再问，他们说这里温泉水多得很，镇上四五间洗澡房都是温泉水的，洗一次四块钱。我们随着他的指引，来到一间"兴兴"洗浴室，看见里面一个池子里正咕咕地冒着温泉水，老板说凉水比温泉贵，因为自来水要收钱。我说那块湿地被破坏了，真可惜。他说，有什么可惜的，不就是一块沼泽地吗。我听了也无话可说。那天太阳很大，在猛烈的太阳照射下，镇上的人三三两两地挑着罐子去打温泉回去洗澡或喂猪，一派世外桃源的景象。

谁动了我们的眼泪

最近出差，闲时看小宝的新书，里面写道那本著名的德国小说《生死朗读》。刚好在去时的飞机上，也是放着由这部小说改编的电影，不由地想起这本小说。记得第一次看这本小说是八年前在从上海回广州的飞机上，当时是一口气读完，并掩卷痛哭。这时就感觉到了这本小说的厉害。因为很久没有一口气读完一本小说，更没有这种掩卷痛哭的经历。

以前很喜欢德国另一个作家伯尔的小说，他的《小丑之见》是我最喜欢的小说之一。《生死朗读》的作者本哈德·施林克被誉为是近代德国的伯尔，当然，他们都是现实主义作家，但伯尔好像更纯粹一点，不像施林克这样催情。小宝的文章里写道，女主角最后选择自杀是因为"闻到了自己身上散发出来的年老的女人的气味"。但我不这样认为，因为小说里的女主角，一直都在监狱中跑步，锻炼身体，只是当她明白了她出去之后等待她的是没有爱情的陌生世界以后，她不愿意回到那个世界才做出的这样的一个决定。电影里的一个镜头，男主角去狱中看她，她伸出手，但男的没有回应，她畏缩地拿回自己的手，问他："小子，是不是结束了？"我看到这里，再次流泪。这种绝望太感伤了，也很无奈。谁也无法使爱情回头。人生太无奈了。又想起世界的巧，我是在飞机上第一次读的这本小说，也是在飞机上看的这部电影。后来有批评认为这部小说不真实，因为这个女人不可能是个文盲。但我认为这不是主要的，主要的还是这个作家要编故事，要哄大家的伤心。它确实把人类的情感释放了出来，所以我们也不去考究他的故事是否合理了。小说里有很深的忧伤。好的文学作品都是忧伤的作品，因为伤感，我们才会了解人生，也才会知道如何了断自己的忧郁。这几天报纸都在说玉婆逝世的事情。这位绝世佳人如果在盛年的时候出演这部电影的女主角，一定很精彩。她的美比《泰坦尼克号》里的女主角凯特·温斯莱特更有力量。想着当伊丽莎白·泰勒握着比她小二十岁的男生的手问："小子，我们是不是结束了？"肯定全场观众痛哭失声。

中药西药

　　昨天晚上吃饭，来了好几个好多年不见的朋友。这种朋友聚会，一般性的主题都是怀旧。那时的大家都充满了激情，或者是诗情画意。因为美好的时光一瞬而逝，像春日的阳光，短暂而又温暖。一般的这种聚会都是在暖融融的气氛中进行的。所以为什么人老了都喜欢找旧时的朋友聚会。因为新认识的人看到你已经是这副垂垂已老的死样，谁又记得你十八年华、窈窕淑女、眼波流转或者顾盼生辉的样子？老朋友好，你再怎么垂垂老矣，他还是记得你的美丽时光，起码就不会看到你老了而生厌。最多会惋惜地想：哎呀，他怎么老得那么快？

　　于是昨天的主题依旧温暖。我那个女朋友，断断续续地几年见一次。最记得是六年前在香港见她，约好了在太古城见面，那时我在香港文汇报上班，下班有点晚了，结果去到太古城看到一个窈窕少女向我款款而来，窈窕少女走近了我才发现她就是我的朋友。我真的大吃一惊。那时大家都已经四十多岁，奔五了，但她的身材还保持得那么好。真的是惊人。

　　还有一个男朋友，以前是文学界的前辈了，主持一个大型的文学杂志，风靡一时。后来很早下了海，浮浮沉沉，十年没有见了，昨天一见，风采依然。腰板直直的，羡慕死人。到了五十岁以后，男人跟女人的差别真的大得不得了。很多女人就呈现出老年的状态了，但男人还是好的。我年轻时从来没有羡慕过男性，但年纪大了，就开始羡慕他们了。有时看看他们的身板，还那么结实，身体还是硬硬的，绷得紧紧的，而女人们，已经松了。我想，这可能就跟月经有关系。

而这种聚会，一般是怀旧完了，就开始关心身体了。都要互相问问，身体怎么样了？恰好有一个朋友，昨天是二十多度的气温，进来的时候却是穿着三件棉袄，脸容憔悴。大家都大吃一惊。他一坐下就察看四周，看看有没有开窗，有没有风进来。于是我想起约他吃饭的时候，他第一句问我的就是吃饭的地方有没有风。他坐下后喝一口水，就开始讲他的毛病，我们听得云里雾里，最后也没有弄懂他得的是什么病，他一会说是大寒症，一会说是大热症。他吃了大热症的药又吃大寒症的药。于是桌上有几个略懂中医的人就开始跟他开药，一会儿叫他吃牛黄清心丸，一会儿叫他吃牛黄解毒丸，一会儿叫他拔火罐。在那瞬间，我的想法就是千万不要生病。不然，光是决定如何治疗已经基本要得抑郁症。

于是很快饭桌上就展开了中医和西医的争论。维西的人说，中国人的寿命在清代是多少岁，在明代是多少岁，在元代是多少岁，在唐朝是多少岁，总之都是短命的。但现在平均寿命已经是七十岁了，这都是西医的功劳。而挺中医的人则说中医如何调理身体的阴阳平衡。哎呀，一顿饭就在争论中医还是西医的过程中愉快地结束了。

人说山西好风光

看完了壶口瀑布，陕西人民就把我们交给山西人民了。看了旅程表，今晚我们是要到山西的临汾过夜了。在壶口的黄河大桥，陕西和山西的导游做了交接，然后我们就换了一辆山西人民的车子过了黄河大桥。之前陕西的导游还担心地说，可能要累着你们拖行李过黄河大桥了，因为两边省份的收费问题存有争执，两边的车子都不让过来。于是我们看着七月的骄阳，愁得不得了。幸亏这个问题解决了，免了我们在骄阳之下拖着行李之苦。

过了黄河，要到临汾，我们要翻过吕梁山。于是我们想起那句著名的歌词："左手一指太行山，右手一指是吕梁。"写这首歌的人，当时的位置应该是站在大同的方位，也就是山西的北方。车子里甚至有人唱起这首歌来。可是没多久，兴奋点就全部转移到路上了。为什么呢，因为这路实在是太烂了。想想不知有多少年没有走过这种烂路了。而且这座吕梁山树也没有几棵，植被被破坏得相当厉害，连绵的崇山峻岭全是光秃秃的，真叫人心痛。于是车上的人就开始讲怪话了，说全中国的豪车最多的是在山西，什么悍马呀宾利呀，怎么那些富豪也不拿些钱来修路搞绿化。看来这些人也不是爱家乡的。颠了四个多小时，居然没有堵车，这已经把导游和司机高兴坏了。临汾我们不是特别了解，但到了这里才知道还真是个地方，有两样东西很硬，一是汾酒，二是尧庙。原来临汾是尧从前生活的地方，距现在已经有四千年的历史，尧都平阳就在临汾一带，我们现在的文明，也是起于这里。导游还兴奋地说，貂蝉也是这里的人。我马上说，刚才陕西的导游说貂蝉是陕西米脂人，所谓"米脂的婆姨绥德的汉"也是出自这个说法。我还想说，我在延安看到的一个讲解员是如何好看，瓜子脸，大眼睛，高挑身段。但山西的导游马上更正我，他说貂蝉进宫的时候是米脂人，但她出生是在临汾。哦，原来是这样。

于是我们在关于山西的各种传说中走了一圈。临汾、平遥、太原、五台山、大同。像所有到五台山的游客一样，我们进五台山之前，先去看了阎锡山故居。阎出身贫寒，像乔家一样，也是做豆腐出身，最后成为一代枭雄。令人感慨的是，最后攻进太原的，也是阎家一带河边镇人，中共的名将徐向前，在离开阎府去五台山的路上，我还看到了路边的一块简陋的牌子，上面写着"徐向前故居"。但气势肯定不如阎府了。阎家的图片史内容非常丰富，里面还有阎家很传奇的五姑娘的照片。

到了五台，肯定少不了要给五爷烧香。因为五爷灵光，所以我们去的时候，正有一台大戏在唱给五爷听，戏台上写着请戏的人的名字。不知此人是求了财还是求了子？总之是喜事。

而看到最后，看到了最好看的悬空寺。之前是一片穷山恶水，突然间冒出了一片清幽幽的恒山湖，马上就进入了恒山景区，非常特别。然而悬空寺就在这一片特别中横空出世，如此精美，如此有想象力。北魏时期的雕塑是如此朴素，朴素之下的华美，在一片黄土中，闪闪发光。

骆驼上的印度

在印度，动物比人活得开心。这是我在印度一行最深的印象。

刚到新德里，对印度满怀期待，一脑门都是从小看的印度电影和泰戈尔的诗歌，还有那些月亮宝石，还有英国人福斯特写的《印度之行》的小说和电影，那个清纯少女阿德拉的印度之行，寺庙和猴子，肚皮舞，一切都神秘和火辣辣。我想我们对印度的了解，肯定比印度人对中国的了解多得多。

于是我们在香港机场被告之飞机要误点六个小时的时候，对印度的热情并没有减退。当汽车开出新德里，来到新德里的城乡接合部，马路上的混乱交通令我们瞠目结舌。大车小车公共汽车全挤在一起，每一辆载人的车，不管是公共汽车还是三轮车都是超载，窗子和扶手都站着黑黑瘦瘦的印度人，当然，全是男人。在印度的大街上，我们很少见到女人。全部人都兴高采烈地挤在一起，使我们为他们的安全担心。而更令我们惊讶的是，在这一片混乱之中，突然优哉游哉地出现了一群白色的牛。这群白色的牛是这样的漂亮，仿佛从天而降，一尘不染，不慌不忙地列队行走在一片混乱之中。令我们一起欢呼起来。这时你才懂得为什么牛这种动物在印度被尊为"神牛"。在印度，白色的牛随处可见，火车站里、路轨上、公路上，也没有人看管，随心所欲。而且印度的牛都要比中国的牛漂亮，羊也要比我们的羊要漂亮，体态非常优雅，我们都说可以拿回家当作宠物养。而当我们在惊叹牛漂亮的时候，几头大象从天而降，慢慢地行走在喇叭齐鸣的汽车行列中。

当我们来到南部的城市斋浦尔，这里有著名的风之宫和琥珀堡，琥珀堡景色独特，拍出来的照片是最美的。城市中到处都是红色的墙，到处都是大象，我们骑在大象上，就想起电影《印度之行》里面的少女。在城市的路上，骆驼也在不慌不忙地走着，当它们走在红色的风之宫前面时，一切都是那么完美。完美得就像一幅图画。还有宝蓝色的孔雀，就在印度的占西邦，公路边的田野上就能看得见。那种蓝色，惊人地眩目。

印度给我们的印象，很像是八十年代的中国，一切都在往上走，混乱而有人情味。因为是宗教国家，虽然贫富分化，但人们还是非常坦然。大概是因为宗教里告诉人们人还有下一世，于是人们对今世的贫富并不是看得那么重。

因为是游客，只有做游客做的事情，走游客走的路线，泰姬陵这些肯定都是要去的，只是某天在酒店看电视，看见一个穿着红衣服的瑜伽大师领着上万人在那里做瑜伽，场面非常之大。瑜伽师在上面自说自话，下面的听众带着吃的喝的，一人一块做瑜伽的垫子，也很悠闲。不像我们这里那么严肃认真练瑜伽，这里个个都心情放松，那个大师留着浓密的胡子，样子很年轻。好像全世界练瑜伽的人都要去印度修行。还有不少的知识分子也去印度学习怎样为人民服务。这些都是在游客线路后面的印度，但我们已经没有办法去深入了解了。因为我们毕竟还是游客，只能靠我们自己的眼睛。

没去印度之前，朋友就告诉我，去印度就一定要去瓦拉那西，因为那是印度教的圣城。我们从克久拉霍看完十四世纪的性爱庙群之后坐火车去瓦拉那西，凌晨到达，然后在早上五点半的时候从酒店出发步行到恒河边，看那些虔诚的印度教徒在著名的恒河里迎着早晨的阳光洗浴，岸边都是一些历史悠久的城堡，很多已经被改装成酒店。在通往恒河的路上，虽然时间那么早，却是很热闹，一群群的兴高采烈的教徒由各个方向走去恒河，当然也有我们这样的游客，不少人还唱着歌。比我们春节的花市还要热闹，主要是情绪高涨。人们都很有热情，虽然贫穷，但精神很饱满。路上有卖茉莉花环的，大概两三块钱人民币一串，我们也买了，挂在脖子上，香气四溢。

印度的水果非常好吃。特别是芒果，又香又甜，比云南的泰国的都要好。当然还有咖喱。每一顿都少不了咖喱，但因为照顾我们，都是微辣。咖喱鸡最多，有时也有羊肉，都做得很好吃。印度是世界著名的宝石生产地，所以有《月亮宝石》这样的小说流传。在斋浦尔，我和丁炜晚上到街上租了一辆三轮车想到夜市买些披肩之类的特产，跟车夫比比画画，于是他就把我们带到一条黑夜中的胡同里，找到一个印度珠宝商。珠宝商拿出琳琅满目的宝石首饰让我们挑，还一再地说这些石头都是斋浦尔山上的石头。于是我们都各有斩获。

在印度旅行，基本靠的是火车，这就需要耐心，因为印度的火车基本都不会准时。而且广大印度人民也已经习惯了，在车站里照吃照喝照睡。车站到处都是睡觉的人，凳子上地上都能睡。在这里时间已经不是重要的了。但也有一个很大的好处，就是放松。我发现旅行了那么多的地方，特别是在国外，最放松的是在印度。虽然这里也有很多问题，但整个社会不着急，人际关系不紧张。在这个地方，你会觉得生命就是一个过程，没有什么好比较的，有比较的都是傻瓜。看看克久拉霍的性爱庙群，六个世纪过去了，一切还是栩栩如生。战争中的男女，和平时期的性爱，我们拿着照相机拍的时候，时间已经又溜走了一截。

赏花记

　　首先是满园的玉兰。有紫色的，紫色还分深紫和浅紫色，因为开放的时间不同，相邻的两株，一棵正在怒放，一棵已经凋谢。凋谢的那棵树下，洒着还是很新鲜的花瓣，一片片的，自有凋谢的美。你站在两棵树的面前，竟然说不出是怒放的美还是凋谢的美。玉兰其实有点像红棉，花骨朵大，颜色鲜艳。只是红棉比玉兰要英姿勃勃。玉兰凋谢了还有美态，而红棉一定是怒放的美。还是清晨，空气新鲜得令人精神振奋。在另一处石山旁边，一棵粉色的桃花正在怒放。这里的桃花不像广东的桃花，开得很密很绵，而且粉色居多。因为是粉色的桃花，花姿纷纭。我总把它看成是樱花。多看了几眼，才知道它没有樱花的树干这么大。这里的桃花还真的是漂亮，在溪水边，有一枝小小的，我几乎把它看作是梅花。于是把鼻子靠过去，并没有闻到梅花的清香。而在它旁边，一棵梅树已经结了青色的果。而在桃花旁边，肯定是有一棵白色的李花。所谓"桃红李白"是也。

　　园子里到处都是山茶花。红色的山茶花在这里就像我们从前在广州见到的大红花那样普遍。而粉红色的茶花就显得娇贵很多。它的确也是比山茶花漂亮。我看着茶花，就想起小仲马那本著名的小说《茶花女》。花朵还是红色的多。虽然没有一样红色是同色的。深红浅红大红粉红，植物好像人一样不愿意雷同，虽然同一色系但还是要区分开来。高山杜鹃开出来的花朵最为特别，颜色也最为深红。它是一簇簇的，就像我们在节日里看到的焰火一样，一簇簇地开放。高山杜鹃的树干很大，它们都是生长在三千米以上的地方，但被人们移到这个两千多米的地方，因此生长得不那么精神。偶尔看到一两株黄色的高山杜鹃，黄是鹅黄，黄得很娇艳。与深红色的高山杜鹃相比，更是令人惊艳。于是我想起几年前去翻白马雪山的时候，就看到满山的黄杜鹃。当时我深为感动，第一次看见漫山遍野的杜鹃在山谷中自由地开放。花儿就应当生长在它们的世界里。

在满园的春色中，只有银杏是毫无生气的。灿烂的叶子在秋天里已经掉光。长在银杏旁边的是树针特别的红豆杉。沿着小径往前走，看见好些家庭把还开花开得好好的大叶惠兰整盆地放在路边，看上去绝对是不要了。这种兰花在广州也要卖个几百块钱一盆的。还有在杜鹃丛中露出小脸儿的迎春花，刚刚开了几朵黄色的小花。想起去年这个时候去洱源泡温泉，一进洱源，就看见两旁的路上全是清一色的迎春花。进了地热国里面也是清一色的迎春花，倒也特别。迎春花在广州是没有的，以前小时候看一本小说，名叫《迎春花》，那时跟《苦菜花》并列为三本反动小说，看完之后对迎春花特别向往，但一直没见过。后来在北京的天坛公园看见了，才知道是这么普通的一种花。

这只是云南丽江的一个普通的小区。我对朋友说，这哪里是住宅小区，完全是植物园嘛。

黔南三日

都道是贵州这个地方"路无三尺平，天无三日晴"。真正去到，果然如此。2006年的时候去过黔东南，住在黔东南的首府凯里，基本没有印象了。只记得去漂流，差点命都丢了。黔南和黔东南都是少数民族聚集的地方，有很多的民族，苗族、布依族等。这次到黔南，也是跟着基金会的人，他们一直有一个宏大的理想，就是要在全中国56个民族里，每个民族都搞一个少年合唱团，以作为民族文化的传承。这当然是一个非常好的计划，也很有理想主义的色彩。毕竟这个基金会是一帮生于七十年代的人搞的，我觉得就更有意义了。

基金会的主要干将是孙博士，山东人。在几个音乐学院都受过教育，后来一直在乌克兰的音乐学院执教，而且也在俄罗斯唱歌剧。他说他少年时代是学舞蹈的，后来才搞音乐。经常在我们建团的穷山僻壤里，喝了两杯土酒之后，他就会站起来唱"茶花女"的咏叹调。

这次在黔南，只有短短的三日。一日在荔波，一日在独山，一日在都匀。荔波的天气有点像柬埔寨，干热干热的。我们到的那天，简直热死人，直令我想起在金边的日子。这真是奇怪。稍微有点旅游知识的人都知道，荔波是以水著名的。从贵阳到荔波的公路上，到处可以看到"荔波之水，荡漾我情"这样的广告。在网上看荔波的宣传照片，简直就是水的世界。所以当时并没有带薄的衣服。谁知一到荔波，尘土飞扬，热气逼人。我大叫："天啊，我是不是到了金边？"后来冷静下来，看看四周，原来这里也是个坝子。县城给周围的山围得都喘不过气来，真是可怜。而车子一开出县城，一进入郊区，果然四处风光，一路美景，实在很美丽。最著名的小七孔就更不用说了。荔波靠广西很近，到广西的南丹只有六十多公里。我去年五一在南丹旁边的凤山住过，那里的水好得令人难以想象。连自来水喝下去也是甜的。都说荔波的水好，其实没有凤山的好，但按照地形，凤山的水应该是荔波流下去的。荔波的吃在于鱼，因为水好，这里的鱼都号称野生。我们中午吃了野生鲶鱼，用贵州最喜欢的煮法，酸汤煮，很好吃。两个人吃了五条，当然鱼不大。晚上吃了鳜鱼，因为是野生的，也很小，肉脆。但晚上用清汤来煮，别有一番风味。

独山却是另一种风景。风景是没有的，县城很小，且落后。但这里的人有意思。基金会在狮山看了一所小学演的莫家大歌，是苗族的，都很激动，直说孩子们演得好。我们一起去了城区一小，也很有意思。这里是布依族，基金会要在这里组织一个扇子舞，先挑孩子。我们去到课室的时候，看见学校的音乐教师正领着孩子们边走十字步边抖扇子。那个音乐女教师很漂亮，但孙博士说她音带长了结，上课上的。孙博士还说基本上中小学的音乐教师音带都长结。孩子们都很想出去演出，所以学得很卖力。

而到了都匀，就完全是另一幅情景。首先是酒店好了很多，像是回到了一座完全现代化的城市。我们住的酒店是香港人在那里开的，正对着江。住的房间是"看得见风景的房间"。管理很好，也便宜。早晨的时候，打开窗户，望着城市旁边望不尽的山，我觉得建这酒店的香港人也是一个理想主义者。在一个从未听说过的地方建酒店，这还是需要想象力的。

细　节

　　一个春节都窝在家里吃吃喝喝。平时去运动的俱乐部也关门休息。天天在家从早上睡到晚上。春节不是去这里吃就是去那里吃。春节一过马上变冷，于是又有理由猫在家里。前天开始变暖，已经觉得全身的肉都滋滋地冒出来了。看到太阳暖暖地照在街道上正开着花的玉兰，终于想要去运动一下了。想起很多年没有去大夫山骑单车了，于是就号召几个人一起去，想着大夫山的春天的美丽。但响应的人并不是很多，最后只有三人。

　　我们去到大夫山的北门，首先就看到了原来的停车场给围住了。当中有一个大大的麦当劳的广告牌——这里，也开麦当劳了。想想，从前来这里骑车的时候是多么的悠闲。我们开着车停下来，再从车上把自己的专业单车搬下来，就开始了那段美丽的路途。

　　一起骑车的人老是说，骑车看到的风景和坐车看到的风景是不一样的。我们当然同意。骑车你是可以听到小鸟在歌唱，但是坐车你能听到吗？骑车你可以看到路边迎风摇动的树枝或小草，可以随时停下来拍你看到的美景。世界上永远都是这样，慢有慢的美妙，快有快的道理。

　　我们四人把车停到出租自行车的地方，每人十块钱租了一部单车。看着那部已经被骑得连调速都坏掉的单车，无限感慨地想起自己那部白色的山地车，只是已经被放到遥远的云南。一路见到很多骑车的年轻男女，但在这个春天，那些专业的骑车人士好像并没有出来赏春。突然想起，那个人从云南的丽江出发孤身一人骑到梅里雪山。想想白马雪山一道道的坡，突然对骑行士产生无比的敬佩。

去年去卡拉库里湖的时候，路过一驿站，在那里喝了一碗美味无比的羊肉汤后，拍拍屁股就到门外去伸懒腰。这时就看到一个晒得黝黑的欧洲人，瘦，自行车上驮着大包，正在喝水。驿站外面的天空是深蓝色的，空旷，孤独，想起海子那首忧伤的诗歌："草原尽头我两手空空，悲痛时握不住一颗眼泪。"这首诗写得真好。一个人，一生有这样一首诗歌，已经足够了。每次在高原上看到独骑行客我都想起凡·高。孤独成就天才，而天才也死于孤独。永远悲剧是最美的。

但我们眼前的大夫山，却是一副平凡的天堂的面孔，还有几对穿着婚纱的男女在拍照，趁着这大好春光。于是又想起《牡丹亭》里面的那两句艳词。骑着车，看着一池春水，上面竟然开满了粉红色的睡莲，花朵小小的，如此娇嫩。大家都欢呼起来。再骑到一处，深紫色和白色、红色的玉兰春开满一树，路两旁的杜鹃开始开放了，下周去就可以看到开满路边和山坡上的杜鹃。

春天一定要去赏春，这时候的天地间充满了明媚和生气。一个寒冷的冬天过去了，那些花儿竞相开放。空气中隐隐传来桂花的香味，这时你就终于明白为什么户外运动永远是人们的首选。

欢乐结束了

世界杯终于结束了。对于很多人来说，也是欢乐结束了。今天凌晨四点醒来，赶快爬起来看球赛，上半场结束了，看了下半场和加时，德国队赢了。想起应该把贝多芬的《欢乐颂》用高音喇叭在马拉马赛运动场大声广播，还有应该把中国大妈请到马拉马赛运动场去扭秧歌。电视机的镜头不断地播着里约基督山上的基督像。在夕阳里的基督，在夜晚中的基督。基督高高地俯视着大地，解说员感情饱满地说："也许基督看着眼下的大地发生的这一切都觉得没有什么，人间的悲情在基督眼里都是无所谓的。但在我们这些具体的人，悲就是悲，喜就是喜。"

看着里约的基督像，我就想起在我们这片大地的观音像。南海观音，普陀山的观音，香港大屿山的观音。也是这样，高高在上，俯看众生。只有俯看才能解脱。就像我们在飞机上往下看，就想起芸芸众生。啊，所以天堂都是在天上的。

一个上午的微信，麦当娜的那首《阿根廷你不要哭泣》都给放烂了，梅西也成了悲情的象征。还有各种对德国的赞美。我最喜欢的音乐家都是德国的，还有哲学家、文学家，现在居然还有足球。他们把德国队在巴西住的营地也晒出来了，早在五年前，德国人就为了这次世界杯买下了一块地来建自己的营地，极其舒适。你说这支球队能不赢吗？还有建议德国球迷把沙发运过来看球赛。一个对生活讲究的国家肯定是能出对比赛和胜利讲究的队伍。但到了最后，连德国战车也累了，就别说阿根廷人了。看到梅西的两个球，这么容易进的两个球，他都丢了，最后一个任意球更是离谱。哎，真不是钢铁做成的。

世界杯越来越好看，其中也由于球员越来越时尚了。看看电视回播从前的片断，真是没法和现在比。现在的年轻球员，体格更好，发型更好，服装更好，连鞋子都是几色的。还有那些迷死人的纹身，还有那些漂亮的女朋友。啊，令人眼花缭乱的世界就表现在世界杯了。而且就是集体竞赛好看，令人想起古罗马的竞技场。当然那时太残忍，让人和野兽竞技，哪像现在的欢乐场面。但想想我们中国，真的就没有让人和野兽竞技这一娱乐。所以讲残忍还是西方人比东方人残忍，只是他们现在的文明程度高了。

在足球场上看看亚洲队，实在是不忍心看。身体扁小，基本就没肌肉的。刚好昨天电视播横渡珠江的场面，那些泳手，也是一身肥肉，没有肌肉男。和世界杯的美男相比，实在是可怜。我们这里的肌肉男或肌肉女，一有肌肉就是一身横肉，完全没有线条，没有美感。哎，可怜的东方人。记得上次一个巴黎女跟我说：要把精神提起来，把肌肉练出来，就不要吃中式早餐。要吃西式早餐。吃麦片，吃肠仔，喝咖啡。

赤水行

　　知道赤水这个地方是因为红军的四渡赤水，还有石达开在赤水的全军覆灭，其余的就一无所知。这次到贵州，也搞不清赤水是在贵州省的哪个方位。去之前也没有做功课。只是通知那天要在七点半从贵阳的酒店出来。我们这次住在贵阳的林和万宜酒店，在火车站旁边。当时知道住在那里时都一片哗然。怎么会安排在火车站旁边呢？都知道在中国，火车站一带都是脏乱差的代表。

　　我和另外两个人搭乘了十二点十五分的飞机，本来是下午三点半南航的飞机，因为计算过时间，广州飞贵阳需在一小时二十分钟，三点半飞，预一点延误时间，刚好到贵阳吃晚饭。但三点半的飞机票居然没有了，而且都是全价。我听了都很惊奇，因为据我以前的经验，贵阳的飞机票一向都是打折打得很厉害，常常三四百块钱就可以买得到。我们只好买了中午的机票。而且航空公司居然在这个钟点不管饭，使我们到了贵阳已经饿得咕咕叫。贵阳的机场名字叫龙洞堡机场。我有点喜欢这个名字，一听就是有历史。

　　在飞机快要降落的时候听到广播说贵阳的地面温度是29度。当时已经心中一喜。那几天在广州天天都是38度，都快要热疯了。一下子降了9度。到了朋友的车上，看见他也没有开空调，只是开窗。那还是有点热的，毕竟是29度。一起去的两位同事没去过贵州，十分激动，一直在商量如何利用这吃饭前的五个小时。那个贵州的朋友就说，五个小时，黄果树肯定是去不了的，花溪也去不了。这样吧，你们酒店门口有1号和2号公共汽车，是双层的观光巴士。两块钱一个人，你们可以坐上去游贵阳一圈。我听了没有吭声。我到贵州不下五次，已经毫无新鲜感了，现在最重要的是填饱肚子。不知为什么，我这次很饿，所以一直皱着眉头。

到了酒店，已经两点了，居然说房间没有收拾出来。我看看大堂，总台处放着一个牌子，上面写着此酒店是国家会议酒店。一个小规模的大堂，人来人往，大堂仅有的两张沙发，早已经坐满了人。一个同事去办入住，我和另外一个同事只好去设在大堂的茶座拿个位置。服务生马上走过来问我们要什么茶，我们就叫了都匀毛尖。一喝还真是不错，就开始问起价钱来。这时办入住的同事回来，说已经办好了。我们就拿行李上房间。我是舍不得那口好绿茶，赶快灌进自己带的保温杯里一起带上房间。谁知到了房间看见里面一片狼藉，什么都没收好，毛巾扔了一地。我看到自己将住进去的房间是如此不堪，眼泪都快掉下来了。我们的国人啊！突然想起某天看到宣传，说哪个阿拉伯的王妃住过的酒店房间，当她离去时完全像没住过的一样，陈设齐整，除了她掉下来的一根头发。啊，那个王妃。这时一个矮胖的女服务生出现，说房间退得晚什么的。幸亏另一个同事的房间已经整理好了，我们把行李放在他的房间，下楼去逛贵阳。

我们依照贵阳的朋友指引去坐1号或者2号观光汽车准备去游贵阳城。我们走出酒店门口，看到双层巴士就停在离门口不远的地方，也就是个百把米。我们走过去问了一下我们要去的甲秀楼。回答叫我们坐到邮电大楼站下。这两辆车都到邮电大楼，我们就随便挑了一辆车上，直接就上到了二层。坐下后，马上感觉到座位很窄。再看看身边的贵州人民，果然是个个身材短小，我坐在那里，都要高出别人一个头。汽车晃晃悠悠地就开出来了。看着弯弯曲曲的马路，使人想到重庆。但山城还是有它的特别之处。车上基本都是贵州别处来的游客，一脸新鲜好奇的样子。令我想起二十年前第一次去香港坐着双层巴士去赤柱的情景。哎，一载一载的时光。我们三个人在车上听不到报站，就错过了邮电大楼站。转眼间巴士就来到了一条繁华的大街，我们三人马上下站，这时，我更感到肚子饿了。在我的强烈要求下，我们钻进了一条小巷，因为我看到了一个招牌："麻辣牛蛙。"我们冲进"麻辣牛蛙"里面，却看见服务员正排成几排在听训话。我们先坐下喝了口茶，却被告之五点半才能吃到东西。沮丧的我们又走出店子。这时看到不远处有一小店，我们像看到救星一样冲了过去。两人要了米粉，另外一人要了回锅肉。吃完大家只有一个字：香。也不知道是不是饿了。但他家的辣椒酱特别香，比"老干妈"香多了。我们还准备走的时候杀回来买回广州。吃回锅肉的时候发现里面的豆豉特别香，是黄豆豉。我们吃好了以后心情大好。再看看时间，下一拨人，坐三点半飞机的那拨人快到了，我们的房间也应该收拾出来了。于是就站在马路边准备叫出租车回去。之前贵阳的朋友已经告诉我们，贵阳的出租车是拼车的。他说的时候，我们三人都对拼车这个词语完全没有概念，不知什么叫作拼车。经过这一轮的体验，我们就知道了。原来这里的出租车是随便可以停下来载人的，不管车里是否有客人。你扬手叫车，司机先问你去哪里，如果路途对，他就会让你上车。这时，通常里面已经有一个陌生的乘客，而且这个乘客基本是一声不响的，然后司机就会向你要一样的钱。所以，同样是一条路，如果是有三个以上的人拼车，司机就很有成就感。所以，司机看见我们三个人站在路边，基本是没有停车的份了。我们开始不知道，看见一辆辆空车在身边飞奔而去，气得破口大骂。后来有一个好心的路人告诉我们其中的秘密，叫我们有两个人躲起来，就一个人扬手。一有车停，那两人马上冲出来上车。最后我们也是用了这个方法才上了车。晚饭的时候讲给同伴们听，大家都觉得好笑。另外一个来得更晚，问了一下，也是打不到出租车。身娇肉贵的她打了一辆摩托来。一时之间，觉得贵阳这个地方很混乱。

重阳又重阳

早上六点半钟的时候醒来，想起昨晚是九点半睡的，马上就心满意足。初冬的时候，早晨还是有点凉意，盖着被子，终于不用开冷气了，心里好高兴。但人还是充满睡意的。正是因为充满睡意，所以就特别舒服。这个时候，四周一片安静，没有任何声响。大概天气冷了，这个时候鸟都还没有出现。打开手机，想着这个时候应该没有人出现吧。却看到朋友圈里有人在打招呼，号召去顺德北滘吃长脚蟹，吃完去大夫山骑单车。在早晨六点半的时候，"长脚蟹"这三个字像一块闪闪发光的霓虹灯出现在你的眼前。模糊中眼前出现八年前去澳大利亚的大堡礁潜水时的情景。一群群色彩斑斓的小鱼围在我的身边。哎，野生动物的神态真是漂亮极了，连鱼也快乐。难怪那些圣人都愿意待在大自然的怀抱里。只要是去过肯尼亚野生动物国家公园，看到过野生的大象嬉戏的情景，你就会对大自然充满热爱。因为"长脚蟹"这三个字，我的睡意就全没了。于是赶快回信息。也在那天的下午闻到了大夫山的桂花的浓香。

看来幸福就可以这样延缓下来了。但心里还总想着某些事情，十五十六。最近朋友纷纷"入厂修理"，都是车祸，有点吓人。于是询问大师，大师慢条斯理地说，哦，我看这个原因嘛，应该是两个重阳。今年是闰了九月，果然是有两个重阳。原来还想在第二个重阳的时候回老家祭祖的，但没有时间就罢了。在印象中，以为两个重阳是好事情，没想到大师却说朋友们最近频频玩碰碰车还跟这个重阳有关系。一时间，对于命运的担忧也一丝一丝地涌上心头。长脚蟹，后来大家去吃了，也已经确定其实是来自澳大利亚的皇帝蟹。只是请客的朋友不知为什么认定是长脚蟹。一起去吃的朋友对长脚蟹是很有认识，他在越南的东兴镇吃过，他说当年在东兴吃长脚蟹的时候，那些越南人把蟹的脚一只一只地掰来卖，几十元一斤。他说长脚蟹绝对不是这样的，脚要长很多。当时我们吃得兴高采烈，也不管它是不是长脚蟹了。当认定是皇帝蟹的时候，我就想起上次在悉尼，陆氧请我吃过。当时是在一家华人开的中餐馆里吃的，做法很广东，是用粉丝焗。

这样，我就确定了早上当听到"长脚蟹"这三个字的时候我想起大堡礁的情景，果然是有联系的。双重阳，究竟是好的还是不好的呢？有碰碰车，有长脚蟹，有桂花，还有冷空气。

春天奏鸣曲

　　春天确实来了。湿淋淋的天气。墙上起了霉点，地上也冒出了水珠。到处开花。这种开花的季节，到处都听到朋友们去行山的消息。于是想到如果没有四季的城市会不会苦闷呢？

　　有朋友去了南非，传回来在好望角拍的照片，于是突然想起自己也是去过那里的。但这个时候的非洲，应该是雨季。那么动物出来吗？那些可爱的动物在雨季是不大出来的，只有在旱季才出来找水喝。

　　记得那年去到太阳城，一下车，非常熟悉。觉得自己好像去过这里。原来才意识到广州的长隆就是完全按照太阳城建造的，一模一样，连街道的转角都是那么熟悉。这也没有什么不好，只是我们这些游客，便是少了些新鲜感。

　　于是又想起肯尼亚的角马，到处都是。看过了这些野生动物，就非常痛恨动物园。关在动物园里的动物，神情都是呆滞的，呆头呆脑。就像关在疯人院里面的人类。难怪动物保护组织会反对建动物园了。人类也是动物，只是这种动物太强大了。还要消耗那么多的资源。上帝在吗？

　　这个春天，好想念那些动物。

　　记得晚上来喝水的大象，几十头，像一支部队一样，摇摇晃晃地从山头那边走过来。好庞大的队伍。长长的鼻子甩来甩去。小象紧紧跟随着母象，就走在母象的身体下面，十分有趣。象群一到，角马马上散开，远远地站着，等候着象群离开，它们好继续喝水。但象群待的时间很长，慢慢地在水塘旁边玩耍。角马站在黑暗处，十分不甘心地看着。

在非洲的大草原，一切都是那么安静，并不是我们想象的那样残酷。狮子安静地躺在无花果树下打着哈欠，在它旁边，斑马和角马都在安静地吃草。狮子也不是永远要攻击别的动物。但人类要舒适地生存，这就剥夺了其他动物的权利。

春天来了，我们这里到处都是人。有欣赏能力的人，他们要去看山看海看花，从中得到愉悦。于是想到那些生活在鲜花丛中的动物们，还有吃鲜花的黑熊，吃大马哈鱼的北极熊。又想到我的一个朋友，春节后就坐着高铁去衡山买猫头鹰去放生，一次放生了几十只。我说，当地的山民估计等你一放生了就再去抓回来卖给你放生。她坚定不移地说，我就是要打这一场持久战。几次来回，他们就不会抓了。当然这就是精神。整座衡山的猫头鹰和居民一到春天都在翘首盼望她。一见到她就欢欣鼓舞，敲锣打鼓。看到她在微信上发空无一人的车厢的照片，还很得意地说，你看看我，放生猫头鹰就有这种待遇，专列。

春天好像真的有好多事情可以做呢。

看戏的节奏

　　刚从大理披头散发地冲回广州，当晚就疲倦地呼呼大睡。第二天一早，电话来了，晚上去看戏吗?

　　当时睡得太好了，一醒来以为人还在大理那间时光停滞不前的客栈里睡着。还想着冷冷的滇红冲好了没有，那只虎皮鹦鹉开始唱了没有。但电话里的人确确实实地在问我晚上去不去看戏，我一下子就回到广州了。

　　醒了以后，拿出一大沓票，开始了这一周看戏的各种节奏。

　　还是从昨天说起吧。昨天下午是去黄花岗剧院看的湖南花鼓戏《刘海戏金蟾》。和白馆一起去的。白馆也是戏迷，基本是随叫随到，永不啰唆。我们都是这样的人，一听到有好戏看，什么都放下。这次是国家第27届梅花奖在广州现场竞演。通俗地说，就都是冲梅花奖来的，肯定都是水平高的各地方戏种。湖南花鼓戏我还真的没有从头到尾看过一次，以前对花鼓戏的认识是从李谷一那来的。这次还真是从头到尾看了。只觉得满台的服饰非常漂亮，演员也漂亮。只是后半场拖了一些，但还是好看的。看完之后就和白馆去花园酒店喝咖啡提神，因为晚上还要看一场山西的上党梆子。

　　之前也没听过上党梆子这个剧种，但想到她敢来冲梅花，肯定不会差。只是看完花鼓戏到看梆子还有好几个小时，我们喝完了咖啡又去买衣服，买完了衣服又去吃越南菜。越南菜点了个啤酒鲈鱼，也好吃。

　　上党梆子名叫《长平绣娘》，在广东粤剧艺术中心演出。这个艺术中心在东风路，原来的广东粤剧院的地盘。场子不是很大，但因为新，设施很好。比蓓蕾剧院友谊剧院好多了，更不要提那个黄花岗剧院了。我们下午去看花鼓戏的时候还闻到一股杀蚊子水的味道。

我记得去年在那里看戏就给蚊子咬个半死，看了一半还把空调关了。于是想起在香港演艺中心看话剧。那个场真好，够大，够好，够冷。观众太好了，全场没有一个观众是打开手机的。

而我们这里，12号那天下午我也在这个粤剧艺术中心看戏，当时的戏是赣南采茶歌剧《永远的歌谣》。先不说戏好不好看，坐在我前面的几个人从头到尾就把手机高高地举起，又拍又录。大家都知道现在手机的光有多厉害，我眼睛一直被那可怕的光亮打扰，终于忍无可忍离场。不知大家为什么那么热衷于拍，好像我们的同胞到了哪里都喜欢拍照。他们对拍照比看戏热心，大概来看戏是为了拍回去放在微信里吧。这次来冲梅花的都是地方戏。我有两张琼剧《海瑞》的票，在微信朋友圈里问有谁要看，居然没有一个人回答。啊，如果是白先勇的《牡丹亭》呢？如果是俄罗斯的《天鹅湖》呢？

红色海洋

　　朋友从上海来，我和他一起去喝中午茶。人间四月天，四处都是春光明媚。他从北方来，还不习惯喝中午茶。一进餐厅，马上就被一片暖洋洋的红色惊住了。这片红色来自于餐厅大厅的那片巨大的屏幕。只见上面红色一片，而巨大的餐厅所有人的目光都投向那片红色的屏幕。朋友惊呼：你把我带到交易所了？

　　其实我选那家餐厅是因为它好有气氛，人头涌动，是想让北方佬看看广东人吃的阵势。就像那句老话，吃不死你也吓死你。但是没想到朋友却以为我带他去了股票公司。一时间，马上觉得自己也很粗俗。屏幕上是一片股票，刚好4100点，全大厅都像打了鸡血似的一片激昂。巨大的餐厅坐满了人，你随便走过哪张餐桌，都会听到谈论股票的声音。最重要的是结账的地方排着长队，好夸张。如果说有盛世，那我这天看到的就是最经典的盛世的场面。人人意气风发，扬扬得意。这段时间，饭局不断，都是听到别人在讲今天又挣了多少钱。又一个全民炒股的季节来到了。十年楼市，现在又有多少年的股市呢？但所有人都不甘下风，奋勇当先，誓要把八年前在股市套住的钱拿回来，再挣个几倍。所有人一见面就问，亲，今天挣了多少？

　　股市和这春天也有某种关系。生在广州，长在广州，就从来没见过今年这么热的春节和清明节。春节满街都是穿着短袖衣的人，清明节满街都是穿着吊带裙的人。这是不是就预兆着股市的大热。好多人都说，这个股市要走到8000点，要走到2018年。于是想到上一波，也说是要走到8000点，要走到2008年，结果2007年大跌。但是，经历过那次的大跌，所有人都似乎看淡了股市，这种看淡并不是负面的，而是正面的。更觉得那些跳楼的人是白死了。也就是那么一瞬间，好的坏的，只要挨过去，就是柳暗花明。

中国改革开放三十年，最早的时候是动员买深发展。我的闺密的父亲是深发展的第一任老总，当时我在她家喝着糖水，就听她父亲说要带头买股票。那时我们都不知股票为何物，就非常"同情"闺密的父亲，真金白银去买那张纸。我看当晚闺密家是情绪悲愤，大有抱头痛哭的架势。于是我就赶快知趣告退。后来才知道自己错过了当千万富翁的机会。于是我对成为白富美就死了心。而我的闺密也没有成为白富美，早早就移民去了加拿大。就像歌词里唱的："有多少爱可以重来？"对于我们这些白手创业的人，就是"有多少机会可以重来？"当然答案只有一个，就是不会再有了。

而幸亏在早年的楼市买了房，才保证了手里的钱没有贬值。成不了富翁我们认命，但如果再错过了机会成为赤贫那就要打自己的嘴巴了。那这个股市呢？又产生了多少富人？又淘汰出多少赤贫？看看命运吧。

买花记和其他

今年早早就去买花，趁着天气好。这一段时间天气都好。总之一到冬天就不想离开广州。

日前家对面的马路上开了一间港式茶餐厅，三个人去吃，一人一碗云吞面，加一碗猪肉丸粥，就四碗汤汤水水的东西，埋单就100元人民币。于是马上想起怡保，想起那里的美食和价钱。突然就想，怎么春节不去那里过呢？主要就是广州的冬天太舒服，又有点冷，又不太冷。晚上开一点暖气，早上起来阳台和房间都洒满了阳光。鲜花怒放。被窝暖暖的，随手有可看的书，不想看书就看微信，时光就这么在冬天的阳光中溜走。

这个时候就会想，怡保虽然有可爱的美食和可爱的空气，但是要开空调呢，白天要有32度呢，要流着汗吃芽菜鸡呢。这样一想，马上就不想到广州以外的城市过冬天了。

又到了春节，早早就闻到了春节的花香。年二十四就去买花，真是有点早。一般来说都是年二十六才开始买花。只是上个星期到从化泡温泉，去的那天酒店大堂还空空的，睡了一觉第二天起来，看见大堂正中就摆了一枝大大的桃花，前台一盆紫色的蝴蝶兰也已经摆好了，再出大门看看，两边的大盆朱砂桔也已经摆上。好喜庆啊。

过年就一定要喜庆。桃花啊，桔子啊，这些好像都是为了过年而生的。陆陆续续地，小区里的大红朱砂桔和桃花也摆出来了。只是大红朱砂桔上吊了一块牌子："请勿采摘。"有些煞风景。可能是怕那些小朋友摘吧。

今年的花市品种还是和去年差不多，蝴蝶兰，各种桔子——四季桔、金桔、杜鹃、日本海棠、水仙。我是喜欢水仙的，平常都是自己买水仙头来浸，但今年没来得及买水仙头，只好买浸好的水仙了。今年的水仙15元一头，放满一个中等大小的水仙盆一般要四个头。

　　今年的天气比去年的好，记得去年春节前很热，花早早就开了，特别是桃花，没到过年就看见满街的桃花，灿烂地开着，竖在人行道上。我买了一大盆的金桔，一小盆的朱砂桔，还买了日本海棠，结着小红果的日本海棠和金桔种在一个盆里，一种新的盆景，还买了两大束香水百合。总之拿出一千元就可以买得很潇洒了，一大个客厅鲜花怒放了。

　　朋友在微信上看到我买花的照片，马上打电话来告诉我她也在那边买了九枝蝴蝶兰。她是在广西柳州，一枝蝴蝶兰才30元，比我们这边便宜。而打开今天的微信，朋友们已经纷纷在晒买到的花儿了，一时间万紫千红，千娇百媚。有的朋友还买了花上了高铁。毕竟是南方的花啊。记得前两年春节前在北京，看到一棵很差的桔子都要卖到几百元。朋友还说，就是这两年才兴起摆桔子的，都是跟你们广州人学的。

怡保美食

马来西亚是在19年前去过。19年前？听起来真是遥远了。记得那时去马来西亚是去马六甲、吉隆坡和云顶。年代遥远，什么都记不得了。只记得马六甲小小的，充满了殖民地色彩，很特别。而且咖啡和水果都好，便宜。19年前，中国的改革开放还没怎么见到成效，有钱人也没有现在这样漫山遍野，所以见到马来西亚就觉得漂亮得不得了，像是人间天堂一样。

这次去马来西亚就完全不同了，因为这19年里，我们奔跑于世界各地、中国各地，见多了，钱也多了。像这次住云顶的号称世界第一酒店，大堂和娱乐场所都可以，但一进房间，大家都吓得倒退两步，完全就是黑牢。哎呀，全世界的赌场，就没见过有这么差的房间。像澳门和拉斯维加斯赌场的房间，都是以豪华来吸引游客的，但真的难以想象云顶集团的房间是如此的差。后来问了一下马来西亚的朋友，他们说可能是当时整个马来西亚只有云顶一间赌场，对于澳门的赌场，他们是不在意的，他们在意的是东南亚的客人。于是以为只有云顶一间赌场，所以房间再差客人也会来。但这也只是朋友的想法。但一间著名的赌场，钱赚了那么多，房间却搞得如此差，还是不道德的吧。

这次去马来西亚，先是去怡保住了三天。刚刚听到怡保这个名字，很陌生。住了下来，才知道这是个美食天堂。第一顿的时候，有肉骨茶，有蒸鱼，有鸡，虽然是个普通的排档，但东西很好吃，一扫而光。再住下去，发现酒店旁边有一条美食街，于是想起一同去的法国华人一到怡保就大呼小叫招呼大家去吃宵夜。当时累得要死，于是想，什么宵夜啊，这年头还有什么宵夜。第二天经过那条美食街，才发现，天啊，在我的眼前就有一条美食廊，一个粥档，写着：猪什粥、猪肉粥、猪红粥、鱼粥、鱼头粥、鸡粥、田鸡粥、炸肠粥、皮蛋瘦肉粥、皮蛋炸肠粥，其本都是四块五马币，最便宜的是三块马币。旁边一档是吃肉骨茶的，各种药材肉骨茶，有鸡肉骨茶，有猪肉骨茶，还有怪味酸辣猪手。旁边一间糖水店，有鸡蛋武妻茶、番薯糖水、摩摩喳喳雪、八宝柠檬茶、崩大碗、龙眼雪、荔枝雪、蜜糖金橘。这些东西，现在广州想起来都流口水，但在怡保却没有去吃过。因为实在是吃得太饱了。只是一个中午去吃了芽菜鸡。知道芽菜鸡是在一个晚宴上，因为空调太冷我给冷得愁眉苦脸。旁边坐着一个头发很有型的男士，他看我不开心，就很绅士地给我说怡保的各种美食，其中一款就是芽菜鸡，还有就是余合香饼。于是第二天中午就和朋友一起去找芽菜鸡，打了一部出租车，到了一条街，冒着32度的高温，找到一间叫"老黄"的老店，吃了著名的芽菜鸡。还加一碗著名的汤河粉，还有一杯冻饮。交钱才二十马币。两个人，合40元人民币。无比美味，无比划算。

焦虑的音乐会

那天有两场音乐会，刚好又是国庆长假后第一天上班，而不幸的是那天刚好还有三个会。第一个会是上午十点到市委统战部开的党外知识分子联谊的会议，主题是岭南文化的种种。跟着又去参观一个私人陶瓷博物馆，并告之中午就在陶瓷馆的私厨吃饭。开会的时候就开始焦虑，因为看到手机上显示没有无线网络，收不到微信，也发不出微信。这时突然全身开始发冷，开始左顾右盼，开始听不到发言的人说什么。突然想打断那个正在滔滔不绝发言的人，先自己发言了，可以早早离开会场到有无线网络的地方接收亲爱的微信。对面坐着一个女律师，声音很大，估计她有自己正在法庭上的错觉。她的声音铿锵有力，如同一块块砖头砸向我正在焦虑不安的脑袋。这时服务员递上一杯红茶，喝了一口冷静下来，然后脑子里开始浮现前两天在微信里看到的一组漫画，一个光头微信控着急之下居然脑袋上冒出了几根头发，有了几根头发的微信控大声地说："怎么没有信号啊？"我这样一想，就轻松了很多，觉得自己也比那个光头好一些。

但是到陶瓷馆我又开始焦虑了。因为中午在白云国际会议中心有一场音乐会，而音乐会的时间是一点半。我开始在诅咒那些安排的人，怎么会安排这样的时间来听音乐会？中午一点半？按照现在微博上的养生秘方讲，这样的时间正是要睡午觉的时间，虽然我不睡午觉，但那些养生秘方谆谆教导我们，即使不睡觉，但也要闭目养神。最重要的是今天中午吃的是私厨，所有的材料都是这个私人陶瓷馆的老板在增城自己包的一块地自种自收的，包括那些鸡呀鱼呀，在这个到处都是污染的年代，我们最盼望的就是吃这种私厨。而当我来到他的饭厅时，也是我喜欢的饭厅，一张红木大圆桌，安安静静地摆在那里；一瓶已经醒好的红酒。但那场音乐会又是我喜爱的，是北美目前最红的一个爵士四重奏，那个吹萨克斯的非常有名，很多年前我就买了他的碟片。于是只好陶瓷也不看了，先自己去那个安静的私人餐厅里喝了碗鸡汤，然后依依不舍地去看音乐会。这样想着今天的焦虑应该结束了吧。

音乐会开始，先是走出一个素面朝天的女人，她不停嘴地在向听众介绍什么叫爵士乐，时间很长，结果把我们准备听音乐会的美好心情一扫而光。这时后排的一个小孩子大声地哭起来，于是心情再次焦虑。演奏终于开始。而那个素面朝天的女人仍然不依不饶，再次出来，再次讲解。还在那里教育观众："请把你们的手机关上，你们每天都在不停地看手机，难道就不能在这短短的一个半小时停止一下看手机吗？我们在加拿大，家里连电视都不看的。"

她说的确实有道理。我前面的一个年轻女人，从头到尾都在看手机。因为她就坐在我的前面，所以我很清楚地看到她的手机页面，她一直在看各种手表，还在和旁边的人交流。我就很奇怪，她既然那么不想听音乐会，那为什么要在中午的这个时候来这里呢？她的手机一直在音乐会的黑暗中闪闪发光，我也给她弄得很焦虑，一会儿看看她新摆出来的手表，一会儿再看看台上演出的人。幸亏台上开始演奏《沂蒙小调》，太好听了，所以我就把前面闪闪发光的手机忽略掉。听完演奏，我买了一张他们的新碟。主持人说，可以找音乐家签名。于是又到处找音乐家，终于找到了，可音乐家身上带的笔却没有一支可以在碟上写出字来的。哎呀。

给父母的微家书

最近给某报当"给父母的微家书"的评委，看了五六十篇由各式人等写给父母的微家书，情真意切。最后坐在一起讨论的时候，大家都是对其中一篇最有感觉。那篇是写一个出外打工的人被父亲送行的情景。"为了送我，你来不及跳下火车，火车开了，那是你送得最远的一次。""当我又一次坐火车，在另一个城市奔波时，我突然觉得你还是在送我，你还是坐在对面，带着几年前的表情。"这几行字，确实很令人感动。虽然不是在乱世，但这30年，中国人为了适应新的生活，到处奔波，生活也是乱哄哄的，那一点点的亲情可谓珍贵。人生真是苦，又要奔波，又要真情，情又要，钱又要，故此演变出多少人生悲喜剧。

有一封是回忆田间劳作的父亲。小的时候母亲让她送鸡蛋给父亲，父亲总是把蛋黄留给她，因为父亲认为蛋黄比蛋白有营养。

还有一封是写给后母的："6年来，第一次叫了继母一声'妈'。"

还有一封微家书，作者是用毛笔写在宣纸上寄过来的，特别令我们肃然起敬。这几十年，大家的生活都是毛毛躁躁的，什么都很随便，人家居然一封140字的微家书端端正正地用毛笔抄好了寄过来，一手小楷写得还漂漂亮亮的。我们争相把它拍在手机里。这封用毛笔写的家书还很正统，用的是传统的家书格式，很有中国人文的底蕴："昨接家乡示谕，得知举家老幼平安，不胜雀跃。儿在外务工甚为平心，勿念。"

只是，这五六十封家书，基本都是在外打工的农村人写的，少见城市人写，尤其是大城市。难道是大城市人的感情比小城市人的要淡？也不想给父母写封信了？或者自己一总结，也没什么好写的。再一一回忆，全是写父母带去吃麦当劳的。

还有一封家书是写接父母来享清福，母亲却托运来老缝纫机。这个世界上，一般来说，最大的爱就是父母对孩子的爱了。一般都是没有什么代价的，因为孩子都是大人的宠物。想想，我们对宠物的爱也是不求回报的，因为宠物带给你的喜悦已经给了你天大的满足了。那封家书还写："一日回家发现一套新的节能蒸锅，居然是父亲用捡饮料瓶卖的钱给我买的，200元，要捡2000个瓶子。刹那间，那2000个轻飘飘的塑料瓶，就重重地压在我的心上。"这个例子再次说明了父母对孩子的爱的无原则和泛爱。但这个世界基本上所有的感人的爱都是无原则和泛爱的。如果有原则，那就不是爱了。

惊天动地

　　用"惊天动地"这个词形容牡丹好像有点不合适。可是当你用了一个多小时穿过那些光秃秃的山丘，公路两旁基本看不到一点的绿色，气候又干燥，呼吸中仿佛有灰尘，仿佛之间，以为自己到了埃及。当你正为这片黄土而感到焦虑的时候，突然一大片盛开的牡丹像海市蜃楼一样在你面前顾盼生辉，带着浓郁的香气。我们一群人都以为自己到了天堂。整个过程是那样的突然，我们先是闻到了花香，紧跟着就看到了一朵朵脸盆一样大的各种颜色的牡丹花争相在我们面前摇曳。首先是我惊呼了一句："牡丹？"接着所有人都跟着说"牡丹？"

　　谁都没有想到在兰州会遇到如此妖艳的牡丹。在我们的脑海里，牡丹是洛阳的专利。记得二十多年前还专门去过洛阳看牡丹呢。可惜那次看的牡丹实在不怎么样，开出来的只有拳头般大小，而大部分都是残花。这时候，一路上所见到的黄土和沙丘已经被眼前的牡丹所淹没。正是春天，眼前的牡丹园春意盎然，我们一下子就涌进了牡丹园里。疯狂的牡丹把我们都淹没了。四周很安静，偶尔有几个赏花的人，也很安静。一时间，我仿佛游弋在《牡丹亭》里，想起了杜丽娘，想起了柳梦梅，想起了凡·高和他的向日葵，还想起了《苏三起解》，甚至还想起了《窦娥冤》。一时间文思泉涌。身体掩没在牡丹丛中，身边一朵朵对着你千娇百媚的鲜花，大红的，粉红的，深紫的，浅紫的，粉白的。天啊，太震撼了。这时候，你才真正领会到了大自然的魅力。此时在你身边的牡丹，已经不仅仅是植物，而是带有原始冲动和热情的生命体，而我分明已经听到了牡丹在身边对我喃喃细语。在牡丹细语的同时，它身上的幽香一阵阵向你涌来，虽然气味清淡，但是来势汹涌。而在不远处，两棵泡桐树也正盛放着，一棵浅紫，一棵粉白。在更远的黄河边，柳树和桃花也在盛放，桃红柳绿，还有黄色的迎春花，那种鲜艳的鹅黄色，也是我们平生第一次所见。

这时，更浓烈的花香向我们涌来。它区别于牡丹的幽香。它向我们发出了新的指令，难道还有更好的花在等待我们？于是，我们沿着新的花香的指引走出了牡丹园，这时我们看到了一大片的紫藤。一串串的紫藤垂在树上、藤下和架子上，发出令人眩昏的香气。我们不由自主地走到紫藤面前，一口一口地吸着，目的是想把这袭人的花香深深地刻在身体里和记忆里。

谁也没有想到，在一片如此干旱的土地上，我们遇到了今生看到的最为美丽眩目的花的盛放。这是大自然的礼物，我们终身感激。

夜晚来临，我闻着紫藤的花香进入了梦乡。

摇一摇，碰。

　　这次到成都，正好碰上雅安地震。朋友晚上约了在"胖大妈烂火锅"见面。见到我就说，哎呀呀，哎呀呀，你怎么每回地震都出现在成都？莫不是你成了癞蛤蟆了？他说我是癞蛤蟆我也没有生气。因为在我到成都的那天，网上热传成都的郊区有无数只癞蛤蟆走上街头的照片。那天刚从兰州飞到成都，在兰州博物馆看了《马踏飞燕》的原作，还沉浸在激动之中。除《马踏飞燕》，还看到了很多红山文化的罐罐，都是几千年前的东西。在那些罐罐的身上，就有很多蛤蟆的图案。那时的人们因为蛤蟆的肚子大而把它作为生育崇拜，所以他说我是蛤蟆我还挺高兴的，巴不得把自己也画到那些几千年以前的罐罐身上。说起那些罐罐，我几年前去西宁的时候还跟着当地的文化人买了几只，后来回到广州还给专家说是假的，现在也不知被我扔到哪里去了。于是他说我是蛤蟆的时候我又喜又恨。

　　一坐下，看到火锅上飘浮着厚厚的一层花椒，新鲜的是绿色的，干的是黑色的。但这位仁兄是地道的成都人，带我们吃的肯定好吃。我看看周围，坐在阳台那边的好像有人在打麻将。我们一干人马坐下就吃，啊，当场有两个人就给麻倒了。但一边唏嘘还一边说"真香"啊。这就是川菜的魅力。来"胖大妈"之前，我们去参观川剧博物馆，博物馆旁边就是喝茶打牌唱戏的。怪不得有"少不入川"这句话。成都的另一个朋友，她上次"5·12"大地震时从27楼穿着高跟鞋走楼梯下来，把脚都崴了。我问她，这次怎么样了？她说地震的时候正在打麻将。感到摇得厉害，但大家手上的牌并没有停下来，她一边说"摇了摇了",打出一张牌,嘴上还叫着:"五饼。"这时,又震了,另一个朋友接着:"又摇了,碰。"她说的时候,我们都笑得不行,有一个人还把花椒也喷了出来。经历了"5·12",大家都成了天不怕地不怕了。雅安是国宝大熊猫的保护地。我们在四川博物馆看到的大量的文物,也都是从雅安出土的,跟出土三星堆的广汉有得一比。我们这次在建川博物馆还看到了那只"5·12"中著名的猪坚强。看到它的时候,它正在呼呼大睡。我们怎么叫它,它也不理。估计已经见惯了场面,不再理叫它的人了。朋友吃了两口,又问我,上次之后,你来了几次成都?我想了想,说,八次。然后相对大笑。碰酒。他爱酒。

我们都是啦啦队

　　看奥运会，我们都是啦啦队了。运动员一代自有一代英才辈出。为什么那么多人看奥运会，原因就是运动是谁都可以参与的项目。不过有时想一下，当年如果我不是一年级就去参加运动队，五年级去参加篮球队，后来可能会去搞音乐，或者走上另外一条路。很难说呢。时过境迁，当年那些意气风发的少年得志的运动明星现在怎么样了？好像知道的最发达的就是李宁了。好像在香港买了豪宅？记得当年我们当小运动员的时候，那时运动员没有现在这么受到尊重，都认为是四肢发达头脑简单的人。其实真的不是了。我发现好的运动员都是绝顶聪明的人，但是运动都和艺术一样，都是需要天分。没有运动的天分，你死练也练不出来。以前在体校练习篮球，看到不少的同伴活活给教练用球砸走了。那时真的觉得那些教练都很凶。但真的很奇怪，我从小就没有挨过教练的骂。教练们都对我很好。我现在都清清楚楚地记得那些教练的模样。现在老了，看看自己少年时代的照片，才知道那些个教练不骂自己的原因。哗，完全就是个美少女，而且又有少少的天分。想想那时转战了那么多的球队，起码有十几个吧，从来都是主力队员，没坐过冷板凳。现在想来，其实真的打得不怎么样，每场也拿不了几个篮板，进不了多少分。但怎么永远打主力，哎，真的就是美少女啊。如果搁现在，绝对就是那些什么嫩模之类的。想想十二岁就一米六七。唉，那个年代，你再漂亮再有天分也就是打打篮球主力。

　　那时打球，都没有啦啦队的。啦啦队，都是学NBA的。但是现在看看球场上那些啦啦队的女孩子，就想起朋友说她们都是要睡篮球队员的。哎，毕竟时代不同了。生命之花早早开放。少女，多么诱人的字眼啊。呵气如兰，芬芳。但人最不懂得自己的最美的时候就是少女时代。那时我们一帮球员天天穿着短裤行走在街上，完全就是现在的女孩子的热裤嘛。但我们都没有觉得是美的，只是觉得那样很酷。记得两个打后卫的女孩子，天天拿着绳子量自己的大腿，生怕自己的大腿粗了。打后卫的就是要比打前锋的身材粗壮。但现在看那些啦啦队的女孩子，大腿也是粗粗壮壮的。但还是高兴得很。那些青葱年代。

现在看奥运会，似乎就是看啦啦队了。但我还是很喜欢看田径，因为都是个人项目，特别是短跑。又想起那句话："最好的运动员还是100米的运动员。"飞人，太有冲击力。

辛亥革命与澳门

　　前几天，到澳门参加一个活动，是由澳门理工大学主办的大型会议《辛亥革命100周年与澳门》。参加会议的有一百多位学者专家，济济一堂，一起来研讨辛亥革命的意义和人物。

　　最近国内都在轰轰烈烈地搞纪念辛亥革命的活动，有武汉方面、南京方面、广州方面、香港方面和澳门方面。回到广州的时候，刚好有一位外地朋友到广州，一起吃饭的时候，我说起这次的澳门之行，她很惊讶地说，辛亥革命和澳门也有关系吗？我听后无语。

　　辛亥革命其实与澳门有着相当大的关系。看看这次来参加会议的学者的论文，有一百多篇。大会当时作主题发言的是中山大学孙中山研究所的桑兵教授和广东省社会科学院的老院长张磊先生，两者相比较，桑兵教授的发言思路很广，学问很深。然后几天都是分组研讨。每个组在一个会议厅。于是我挑选自己喜欢的题目来听，觉得很有意思。有的论文是讲清末珠三角的匪患，也有的是讲美国传教士的辛亥叙述，也有讲辛亥革命与工人阶级的壮大，也有的讲当时的澳门引进了什么样的植物。总之，听了两天，满脑子里都是澳门的人和事情。

　　孙中山先生在澳门也有很多足迹，有他行医的，有他开会的。有一个澳门的学者还专门论述他沿着当年的革命者开会的路线走了一趟，发现当年革命者开会的地方都基本在澳门的富人区。澳门之所以能成为辛亥革命的策源地，相当大的原因就是早在辛亥革命之前，澳门已经相当开化。当时澳门的名人陈子褒开办的培基小学就是新思想的发源地。晚上去酒吧闲谈的时候，一位澳门的学者就对我说，辛亥革命之前，交谊舞就已经在澳门相当流行，现在想起来，那些男士当时还都留着辫子，他们穿着长袍留着长辫跳交谊舞，不能不说是一件很有趣的事情。我还听到一位年轻的博士生的论文，他整篇论文都是在考证当时澳门引进了什么植物，如西兰花和土豆等，也很有意思。他还提到当时有一种野牡丹，现在已经找不到了。

其实我还是对辛亥革命中的女性有兴趣，可贵的是，在论文集中，也有两篇是讲辛亥革命的女性问题的。李兰萍教授写的一篇论文相当详细。澳门是中国最早开放的地区和中西文化的交汇处，它不但向中国大陆传播了西方科学技术和生活方式，而且还传播了富于时代精神的女性观，对中国的辛亥革命做出了历史贡献。当时的女革命家很多就是产生在香港和澳门。我因为参加会议，也提交了一篇论文，但是十分粗浅。这次会议主要是去学习的。这个目的已经达到。也通过这次会议，让当代人认识到澳门不光有赌场，它还是一次中国的大革命的策源地，声色犬马中一样有革命者的足迹。

但愿人长久

准备坐飞机去上海，在机场的时候，手里提着四盒月饼，一盒是"陶陶居"的"七星伴月"，一盒是广州酒家的，也是"七星伴月"。这种"大七星伴月"我大概都知道它们的内容，中间一只大的，一般都是双黄白莲蓉，然后旁边七只小的，一般都是两只蛋黄莲蓉、两只蛋黄豆沙、一只五仁、两只蛋黄白莲蓉。还有一盒是花都一间酒店的，是双黄白莲蓉，最后一盒是"金成潮州酒楼"的潮式月饼，去年也吃过，创新意，都是水果做馅。符合潮州酒楼的特点，清淡。

记得去年寄过很多月饼给外地的朋友。原因是一下子有朋友给了十几盒的"白天鹅"酒店的月饼，还有其他人送的、单位买的，大概有四五十盒之多。于是就纷纷寄给外地的朋友。特别是那些爱吃广式月饼的朋友。上海因为有亲戚有朋友，也寄了很多。朋友收到月饼都很奇怪，觉得我是不是转了性？因为我一向不善人情世故，某日看一篇文章，写到某人在处理人际关系时从来都是打败仗。于是觉得用到我身上也很合适。不知道是否因为从小没有管束，我行我素惯了，所以对处理人际关系一点心得也没有，而且是屡战屡败，于是就放弃。于是就觉得"相忘于江湖"这句话真的很好。但这是一句多余的话。

还是讲月饼。到了上海，该送的送了，朋友见我手中的月饼送完了，关心地问："那你要不要在上海买月饼回广州？"这个朋友天真的问题惹起同行一片嘲笑声："用一句普通话来说，你脑子进水了。"广州人怎么会吃上海月饼？

在美食方面，广州人真的称得上自大。在他们眼里面，除了粤菜，其他的都是垃圾。但我见那位天真又好心的同事被其他人嘲笑到脸红耳赤，就有心帮他解围："都不是没有道理的，我看章含之的书，里面写到她回上海，必去静安寺旁边的那间冠生园买咸肉月饼。我也去买过来吃，但这种咸肉月饼一定要热吃，冻了就不好吃了。你要不要买？"

　　这段时间刚好我外甥也在上海。他前段时间来广州，言语间有怨我那几年在北京没有去看他，于是也带了一盒月饼给他，给他时，还问他一句："喜欢吃广州月饼吗？"外甥笑嘻嘻地说："我最喜欢吃广州月饼了。"正逢上海的姨妈九十一岁生日，赶快送那盒广州酒家的"七星伴月"给她老人家。姨妈这次清清楚楚地告诉我，上海建国西路69—71号那两幢房子原来是我的舅公，也就是我姨妈的父亲，我母亲的舅舅的。上海解放后，因为上海市公安局就建在它们旁边，说那两幢房子可以看得见公安局里面的情况，就硬把我舅公他们置换到郊区的一套四居室的旧楼。真是霸王条约。想想那两幢房子现在值多少钱？建国西路，天啊。不过那种沧海桑田的时候，也不是我们这家才有这种遭遇。

　　这次到上海，看世博，走亲戚，为姨妈贺寿，和亲戚们一起过中秋节。中途去福州路的"天蟾舞台"看了一场越剧《红楼梦》。一边看一边想起八十年代初在电影院看王文娟徐玉兰版的《红楼梦》，看得痛哭流涕。三十年后再看，却不断地看手表。心想，要演三个钟，哎。

虎妞出入记

　　我的大猫在2008年走后，因为伤心就不再养猫了。而且很奇怪，它走后很长一段时间，只要我一接触猫，我就全身过敏，两眼流泪。再严重一点，一张脸就开始很夸张地肿起来。这真的很奇怪。要知道，我是二十年都跟猫一起睡的。有一次到黄爱东西家坐，她养了两只猫，那个时候我也正是猫毛过敏，远远地看着她的两只猫，不敢过去玩。她是不相信我的过敏有这么严重，就把猫抱到我身边，我就小心翼翼地摸了几下，不到一会儿，过敏就开始了。先是流泪，跟着两只眼睛都肿起来，跟着脖子也奇痒。于是黄爱马上拿出各种精油给我擦，但还是不行，很快我的一张脸就肿成猪头一样。只好马上告退。

　　一晃几年，慢慢觉得自己好像对猫的过敏没有那么厉害了。有时在路边见到流浪猫，也可以跟它玩一下，摸一下，然后赶快回家洗手。我有个朋友是爱猫协会的，一有空就去救助流浪猫，给猫做绝育，也经常在微信上晒各种猫。前段时间看到她晒出一只新猫，虎斑，麻色，肥肥的，一时高兴，就说，给我。朋友非常高兴，准备了猫砂和罐头，还有猫食碗和喝水的碗，一起送到我家。首先，这是一只非常亲人的猫，还带着颈圈，指甲也精心地剪过。这是一只家养的猫，朋友说这只猫不吃猫粮，只吃罐头，而且会用猫砂。肥嘟嘟的，就知道原来的主人是多么地宠爱这只中华田园猫。只是一拿回家，我就出去参加一个活动。半路上，在车上就开始流泪了。我就知道还是过敏，于是只好打电话给朋友。

　　于是就很不好意思了。幸亏朋友找到了下家。下家住在文德路。

两夫妻，有一个自闭的小孩。这家人就是想通过养猫来治孩子的自闭症。听到有猫来，那个自闭的孩子就已经有两个晚上兴奋得睡不着觉了。但有一个问题，就是这家人没有养过猫。但因为有我这个朋友的帮助，这家人之前已经在看各种关于猫的片子，如BBC的，虽然没有养过猫，但一家人已经对猫了如指掌。而且他们也已经帮猫起了一个讨人喜欢的名字"小乖"。当天晚上，我的朋友已经和这家人一起吃饭。因为这家人还养了一只鹦鹉，朋友怕猫猫会去攻击。晚上，我回到家，朋友已经来电话，说这家人的条件都不错，就是阳台是开放的，而且有平台，猫可以跳上去。这样猫容易掉下去。于是我想起以前养过的一只猫，就是从五楼的阳台上摔下去了。但朋友说，这家人已经下定决心，为了让猫没有危险，准备把阳台封起来。哗，这只猫看来运气不错。一切皆大欢喜，我也放心地睡着了。第二天早上醒来，我习惯地打开手机，看到了朋友一串的留言，主要是说那个女主人晚上见了猫很害怕，尖叫，并想起了童年的某些阴影，要退猫。

一只流浪猫，更重要的是它原来并不是流浪猫，是备受主人宠爱的肥猫，就是因为自己某日对外界的好奇，走出了温暖的家门，就有了这种悲惨的命运。在我家时，我给过很多东西它吃，包括虾，它都不爱吃。后来朋友说，它可能是吃生骨肉的。就是把鲜肉鲜鱼买回来速冻后再拿出来给它吃。

泰地道

隔了二十年再去泰国。想起上次去泰国仍心有余悸。因为二十年前去之前是在内蒙古，可能是吃了太多的羊肉和喝了太多的酒，于是生大瘊，但自己还不知道，就知道痛，以为是上火了。结果一去了泰国就要打针强行排脓，幸亏那时身体真的很好，脓排出后就生龙活虎地去玩了。从此开始了这二十年的旅游大运。

二十年前的中国还在起步阶段，这时刚兴起新马泰线路游，记得要六七千元人民币。但这次去泰国，连飞机票带吃住，就是三千元人民币。还是国庆的价格。换来的结果就是不断地去购物点。幸亏是去过的，所以也不生气，不着急。只当三千元人民币买个假期走走，吃吃，住住。当然这种价格不可能住到好的饭店，但在芭堤雅的其中一晚还是住得不错，还有个酒店的样子。这次去泰国的同伴中有一个是椰青水和榴莲的狂热爱好者。只要见到榴莲或椰青水，马上飞奔过去，先尝为快。于是我也跟着她一路吃榴莲和喝椰青水。泰国的椰青我们第一天去看皇宫的时候是五十株一只，大概人民币是十元。我想起前年在新加坡，好像也是这个价，于是就不认为特别便宜。一路的旅游点都是这个价，倒是车了路过芭堤雅的路边见到卖二十株的，我估计正常的价钱就是二十株，大概四元人民币。行程有送泰式按摩的。果然早早吃饭，就把我们打发去。按得不错，只是床有些脏。按完我全身都发痒。那个按摩的女人在你身上照例是要自言自语的，这和我二十年前去泰国的情形一样。和二十年前的泰国相比，是惊人地没有什么变化。曼谷明显是旧了，老了。从前满街的宝马车变成了现在的日本车。导游说，这是因为泰国天气太热，需要空调。但以前的泰国不热吗？还是经济差了。二十年相比，是一幕褪了颜色的电影。只是人妖还在，越来越漂亮。只是惊艳她们的娇媚，比平常的女人娇媚多了。身体可以改变，但如何能练就这千姿百媚的仪态？

但泰国的空气充满了自由。首先在飞机上就看了周润发演的《赌城风云2》，虽然发哥老了，但电影里充斥着的自由元素还是令人舒服。飞机电影还有国产片《战狼》，看了小一会儿，觉得看不下去，有点装腔作势。然后我们在大城河游船，看着两边的自由建筑，没有我们国内的统一规划，觉得满心欢喜。房子高高低低，充满个性。不久晚霞布满天空，令我们心生欢喜。

高铁游

　　被告知这一趟旅行是全都要坐火车，心里暗暗一惊。想起上次的火车旅行是2003年。那一年好像做了很多事情，去澳洲、新西兰，到人民大会堂领奖，参加英国领事馆组织的火车旅行，正高，所长，好像都在那年。十二年前，也是一个羊年。羊年有这么火吗？那一年好旺我哦。

　　这次的第一站是郑州。于是又想，上次去郑州是什么时候呢？终于想起来了，应该是2007年，是市政协学文委组织去的。当时不是主要去郑州。在开封的时候，《小小说选刊》的杨小敏还专门从郑州赶到开封在"第一楼"请我吃饭。我认识的河南人都很热情。真的。这次的河南省文学院的陈院长和墨白同学也非常的热情。这是后话了。当时早上去火车南站，说是要八点在火车站集中。我现在非常害怕早上有活动，特别是一听八点集合这种话，内心已经晕倒。当时又害怕打不到车，七点就出门，想好了是坐地铁去的。没想到一下楼就遇上了一部空车，于是非常高兴地就上了车。司机是讲普通话的，自我介绍说是河南人，是河南信阳的。一路上就跟我热情万分地聊天，还说我很像某位明星。于是在热火朝天的聊天中，车子很快就到了火车南站。我说，这么快吗？因为原来是准备坐地铁的，所以时间充裕了很多。这时就感到非常困，因为实在不习惯这么早起来。于是就找了麦当劳坐下，要了杯咖啡喝。这才发现这个火车站的麦当劳可能是全世界最脏乱的麦当劳。因为它根本没有人收拾，也不贴出一张"请自己动手收拾"的字样。勉强找了一个角落坐下，身上的挂包里有一本南怀谨老先生的《庄子》，但想想，现在拿出这本书来看也实在不合适。于是边喝咖啡边观察四周来往的乘客，到处都是拉着箱子的年轻人，好像觉得乘高铁的比乘飞机的人还要年轻和时尚一些。

咖啡喝了下去，觉得精神点了。这时，单位的电话也打了过来，叫我去安检处集中。我们这行一共是八个人，其中一人的票还出了点问题，说是已经被人领走了。大家都觉得好奇怪，现在的票不是凭身份证去领的吗？上了火车，大家都在等着那个冒领车票的人，但最终还是没有出现。从广州坐高铁到郑州要六个小时，如果是坐飞机，六个小时已经是到俄罗斯了。记得去乌鲁木齐是五个多小时。但高铁还是比飞机好，可以起来来回走动。但到最后大家都基本是站着说话了。广州乘高铁的站叫火车南站，郑州叫郑州东站。我们沿途观察了一下，长沙的也叫南站，但武汉的就开始叫东站了。不知道是什么原因。

从火车向外看到北方的平原还是很舒服，一座山也没有。不像在广东，或者是云贵川，山连着山，没完没了。但是灰霾很严重。坐着坐着，就想起那年冬天从长春坐火车，夜晚坐在开着暖气的过道上，脸贴着玻璃，用戴着手套的手擦着车窗的玻璃上的雾气，一下子眼前就出现了东北平原那白茫茫的大地，一轮明晃晃的月亮就挂在白杨树的树梢上。好明净的景色。

坐火车就有这样的好处。

天空透明地蓝

今年两次到菲律宾，一次是六月，另一次是十一月。两次都是到海岛，一次是去长滩，另一次是去吕宋。吕宋一向以吕宋杧果出名。所以我们一到吕宋，就到处找杧果。但却见不到，后来才在超市里见到，也不怎么好。导游振振有词地说，因为当地人穷，所以杧果一下子都被收去做杧果干了。当地最有名的杧果干是一种叫"7D"牌子的，我们在长滩时也是买这个牌子。吃起来口感很好，回来给朋友吃，说明显没有什么添加剂，和默姐从香港带过来给我们吃的杧果干口感差不多。只是买导游推荐给我们的椰子油上了当。他当时没有样品给我们看，只是说五十元一瓶。我还问了重量，比我们在长滩买的重一倍，却还便宜一大半。当时脑子就出现空白，也没有再问，就一下子买了七瓶，回到家用了才知道和原来的相差不知多少倍。原来买的是新鲜的椰子的香味，是擦到皮肤上一下子就被吸收的。真是很好用。而这种椰子油是我们吃的椰子糖的味道，一闻就是香精的味道，而且擦在皮肤上是不吸收的，浮在皮肤上，很难受。哎，在长滩是菲律宾人卖给我们的，果然就是好的。而自己人卖的，就是假货。

这次在吕宋，住的是马科斯的女儿的庄园，是马科斯的女儿出嫁时他们送给女儿的嫁妆。在吕宋的南端，面朝大海。庄园里挂满了马科斯夫妇在庄园接见各国名人的照片，有一张是和卡斯特罗的，卡斯特罗抽着一支雪茄，估计是吕宋的雪茄吧。当地的烟丝也有名。有很多张马科斯夫人的照片，年轻的时候很迷人。后来还去参观了他们的故居，那六千双鞋子和几百件内衣早就不知踪影了。故居给人留下深刻印象的是花梨木的地板和长桌，还有当地的贝壳窗花。

吕宋和长滩不一样。长滩是著名的旅游胜地，所以我们在那里都顾着玩和吃了。但吕宋因为刚对中国人开放，而且海滩没有长滩那面平整。所以我们也不会花很多时间在海滩上，而是去参观当地的教堂和建筑。还去了一个维干古城。是西班牙式的，整个小城就像到了西班牙的一个地方。那里还有菲律宾的第六任总统基里诺的故居。进了那座故居好像到了美国的南北战争时候，活脱脱的《乱世佳人》的场景，精致的马车，手动的风帘，石米地。经过这样一番游览，反而对菲律宾的历史有了一个真实的了解。我们在去维干的途中，看见一家由老旅馆改造的餐厅，古色古香，还摆满了各种年代久远的乐器，有几把竖琴引不少游客在前面留影。

只是天空是那样地蓝。不论在长滩还是在吕宋，空气是透明的。晚上出去散步，看见不少年轻人在花园里跑步。酒店外面有宵夜的地方，我们要了当地的啤酒，要了烤鱼。一条福寿鱼，一条鲶鱼，都是味道鲜美。因为在那里，没有人工养殖的任何东西，和我们去夏威夷一样。叶菜很少，五天下来，只吃过一次通心菜。因为叶菜容易生虫子，而他们不用杀虫剂，所以尽量不种叶菜，吃到的都是青瓜和西红柿。现在我们出去都养成了习惯，要去当地人自己的超市买东西。因为在那里才能买到品质好的东西。所以要准时坐酒店下山的车到超市，又准时坐酒店的车回去。看到超市卖窗纱，才五百披索，还没到一百元人民币。想起自己在广州刚买的窗纱，差不多一千元。立即气上心头。哎。

海水透明地蓝

这次到吕宋岛，进行了第三次浮潜。

第一次是在大堡礁。应该是十二年前了吧。当时去澳大利亚第一站就是凯恩斯。坐船出去，照例是吃大虾再浮潜。下水的时候欢欣鼓舞，因为海水是那样地蓝。当时船上还有一群日本的女生，麻雀一样地轻盈和欢欣，飞快地下了海，然后在海上围起一个圈圈，穿着同一色的泳衣，戴着同一色的氧气罩，然后一起漂浮在海面。那种欢乐和幸福，透过透明的海水，传到我们在船上的每个人的心中。于是大家都下水。当时我们一起去的人中只有我一个是女生，所以有些孤独。但在日本女生的带领下，还是下水了。下水后是觉得那样地自由。大堡礁不负盛名，人浮在水中，很浅的，才入水里一点点，而四周很快就聚集着一群群的色彩斑斓的小鱼，在你身旁一圈一圈地游着。如同繁花开放在你身边。又如同在蓝色的夜晚，灿烂的焰火就燃烧在你的身旁。在那一刹那，我可以说是心花怒放。

在灿烂的鱼群下面，是摇曳的活珊瑚。虽然那时的大堡礁已经受到了破坏，但海的下面，活珊瑚还是随处可见。好开心。后来又去了悉尼和墨尔本等地，但记住澳大利亚的，就是那透明的蓝色的海和在身边游弋的五颜六色的鱼。虽然鱼的脸孔是没有表情的，但它在你身边游着的时候，你却是感觉到它的欢乐。

以后又多次去海边或海岛游玩，但因为各种原因，都没有进行浮潜。前两年有一个朋友多年不见，再见他时却见他肤色黝黑，体格健硕。再一问，原来他当了潜水教练，经常带队去全世界各种地方潜水。如帕劳、菲律宾。我觉得有些奇怪，怎么一个生意人突然去了当潜水教练？然后他又热爱上了水底摄影，经常参加各种摄影展。他还鼓励我学深潜。想想我是六岁就进行游泳训练的。虽然有点心动，但还是没有去学。突然觉得这个世界如果什么都要学的话，那真的是忙死人。我已经是一个太贪玩的人，半辈子都在玩，没有什么玩的东西我不会的，还是给自己留点空间吧。

只是今年六月去菲律宾的长滩岛，一见那么干净的沙滩和透明的海水，就忍不住要下海了。真的好漂亮。海水和沙滩。出海的船上又坐了一帮女生，虽然是同胞，但真的令我想起十二年前在大堡礁遇上的那帮日本女生。这帮女生也是穿一色的游泳衣，戴着一个颜色的潜水器下海，然后手拉手围起一个圆圈圈飘浮在蓝色的海面。快乐永远以同样的面目出现吗？亲爱的。

长滩的海域，蓝色的海水下面已经见不到活的珊瑚了。但还是有彩色的鱼。不多，稀稀拉拉地游弋在固体珊瑚的间隔中。这种鱼比在大堡礁见到的鱼大一点，色彩也鲜艳一点。但还是快乐。人在海水里都很快乐，很放松。我突然想起我那个弃商从潜的朋友，那肯定也是感受到了大海的快乐而穿梭于世界的各个海洋之中。

十一月再次去菲律宾吕宋。生日的那天，我选择了浮潜。在透明蓝的天空和透明蓝的海水之间，我再次感到了生命的快乐。

因噎废食

前几天去看电影《寻龙诀》，大为失望。因为知道是根据《鬼吹灯》改的，所以抱着好大的希望去看，却看到一部极为拙劣的电影。那天还为去看这场电影坐了很长一程的车，那天天气转冷，衣服穿少了，回来还感冒了。想起看《鬼吹灯》时的好看，那种闲书，从来是不用看什么文字和思想，只是一味追着故事情节，倒也是打发时间的好东西。只是电影却想赋予这种本来就是追求故事情节的闲书有什么思想情调下去，结果是不三不四。特别是想加上一些什么情调，来两个美女俊男，再搞些恶作。好烦。这种网红的书，本来就是不讲思想和情调的，而好看也在这里。电影却偏偏取短补长，自以为是。一点也没有了《鬼吹灯》的地方特色和元素，也没有了原著的神秘。

神秘不等于是胡编，而电影给我们看到的都是胡编，而且大量运用好莱坞的旧手段，人物也没有。真是难看。中国的电影观众不好说，但没有人能看出里面运用的技术是多么的雷同吗？

因为感冒，把买了好久没用的艾饼也用上了，一边治疗一边还在看着电视剧。想着还是电视剧因为这么多年的磨炼，还是比电影成熟了许多。其实看了《捉妖记》以后就下决心不看国产片了，可是时间一长，就忘记了。

正懊恼的时候，朋友来电话问春节去不去青岛？刚说了不去，却瞬间想起青岛的霸鱼饺子，连带想起两年前在青岛因为一个饭局而没看到的舞剧《红高粱》。又想起这五年看的无数烂戏，于是就对朋友说，不去了。不一会儿，朋友又打电话过来，说不要为一部烂戏伤了吃饭的心。想想也是。好好吃的霸鱼饺子又活生生地呈现在眼前，香气四溢。一时间，感冒也好了。

想起前两天还在为自己的独幕话剧而奔波。一出好戏，因为说"先锋"就搁置了几年，而那些烂戏，却是一部一部地上演。哎。但是春节的时候去青岛不冷吗？朋友的房子是在海边，冬天的海风一定很大吧。

又想起某年在香港，带着请我去香港的领导看惊悚片，可惜想不起名字了，是部好片。领导过了好多年都说我，去香港带他们看鬼片。说的时候，满脸的遗憾。唉，谁叫我是任性的人呢？那次也是圣诞节假期，领导本来想着我带着他们去灯红酒绿的地方，却没想到我带着他们去看鬼片。唉。

夜来香

　　某日到花园酒店，在那儿买衣服已经十余年。这天先是约了上海的朋友在荔湾亭喝茶，我早到了，就先去熟悉的店铺报到。挑了一下衣服，朋友就到大堂了。于是就去喝茶。没想到在荔湾亭碰到了好几位熟人，喝着喝着就坐满一桌人了。其中几个也是到花园酒店买衣服的熟客，喝完茶后大家再一起去店铺。刚说了会儿话，一个剪着男仔寸头的时尚女子冲了进来，站在我旁边就跟老板娘寒暄。身上香喷喷的。我看了她一眼，觉得面熟，就问她，你是不是代表过粮食局篮球队的？她不置可否。我干脆就说，你肯定是我的同学，于是我就报了自己的名字。她才如梦初醒般笑了起来。果然是我三十六年前的同学，还跟我是一个篮球队的，我打中锋，她打后卫。记得那时她就已经是香水的热爱者，出现时永远都是香喷喷的。三十多年前我们都土头土脑的，她已经是香喷喷的。不容易啊。

　　于是由她而起，就和粮食学校的同学接上头了。记得1977年高考，我正热衷打篮球，根本没有好好复习，自然考得不好。当年考得不好但又上了分数线的人，可以读市里的中专，但没有得挑。那时正在乡下当着知青，能回广州就是最大的梦想了。可是我接到通知时已经很晚了。记得自己着急地走了二十里山路到镇上打电话给学校，接电话的正是当时的校长，他很慈祥地说叫我不要着急。我一辈子都记得这个校长。

　　这间学校在广州的郊区，现在的南湖的附近。记得当年是二哥骑着单车送我去的，还语重心长地对我说，新的一页开始了，要好好珍惜。只是那间学校是个机械学校，我对机械天生没有兴趣，刚好有个机缘，读了半年就离开了。但是因为是第一次读寄宿学校，所以印象特别深。记得晚上从宿舍到课室自习的时候，路旁的夜来香盛放，香气馥郁。

还有就是当时和班长刘君很投缘。她是一个非常干净的女孩，身上带着浓重的小说味。她那时好喜欢一本名叫《红肩章》的苏联小说，常常在食堂端着饭碗满怀憧憬地谈小说里面的细节。其中一个细节记得很深，就是小说里面一对男女青年谈恋爱，两人走在雪地上，女孩子脚上的高跟鞋踩在雪地上发出"咯吱咯吱"的声音。她的普通话说得很好，皮肤白瓷般细腻，梳着两条细细的辫子。我看着她，总觉得她就是小说里的女孩子。刘班长在当时就表现出超凡的领导能力，毕业后也是一直当领导，几千人的单位的一把手。只是这次见她，明显是憔悴。于是又想起自己前几年的悲惨遭遇。想想那些和自己一样当一把手的女性，没有一个不是憔悴不堪的。她说到现在还是常常失眠。于是在聚会上我就和她在讨论安眠药的问题。

大家都记起了那学校夜晚怒放的夜来香，香得那么浓郁，那么肆无忌惮。此后再也没有见过如此浓郁的夜来香了。

雪　冬

　　从早上开始，就看见微信上各种关于广州下雪的各种图片和说法。之前也已经有了很多关于广州下雪的预测。当时真是觉得是一个笑话。因为在广州生广州长，还从来没见过下雪的呢。回想起来，小时候的广州比现在冷，最记得年三十去逛花街时，那种冷，是冷到骨头里的。好多同学还长冻疮。但我真的就没有长过。后来同学聚会，说起长冻疮的事情，个个讲得活灵活现的。我说自己没长过，他们都不信。可见那时有多冷。问问现在的小孩子，肯定都不知冻疮是什么。但是那时这么冷，也没有下雪。今年的冬天本来是热死人的，记得冬至那天在街上都看见有人穿短袖的衣服。可居然就下雪了。可谓是物极必反吧。

　　站在阳台看着那有点奇葩的雪，就想起了东北的雪原。那极是好看的。刚好这段时间有朋友去坝上拍雪景，发在微信圈里，看到她拍了好多在雪地里的马，也煞是好看。后来又有一个朋友发了她去丽江拍的雪景，那才是惊艳呢。去过丽江无数次，可没在下雪的时候待过，没想到是如此惊艳。太漂亮了。总令人想起王维的诗句。其中一张估计是在拉市海拍的，夜晚的雪景。冰封的海边几间瓦房亮着红色的灯光，真像神仙住的地方。

　　冬天就是要在有雪的地方才是好看。偏偏就是那种寂静，真是叫人恋世。

　　美丽的地方四季也总是美丽的。总是想念丽江，想念自己曾经买过的宅子。那么好的宅子，但就是海拔太高，年纪大了终是不合适。

但广州还是比东南亚好，那些地方一年都是夏天，也会令人发疯。一年四季都穿着短裤，也确实无趣呢。

于是又想起前年冬天去长白山，四处结冰，只有天池是蓝湛湛的。哎，也心足。天下的美景已经看了很多，还要怎么样呢？

又想起那年冬天，从长春坐火车到哈尔滨。夜晚，从火车过道的窗户望出去，白茫茫的雪原上，一两棵枯树，枯枝的顶挂着白白的大月亮，像极了在日本看到的神社里的白灯笼。那天晚上，就自己坐在软席车厢的过道上，看着和火车一起走的雪原上的月亮，心中充满了欢喜。

真的喜欢冬天的雪。在雪的笼罩下，万物肃静。相比起来，广州就是少了一个有雪的冬天。终于，也有了一点雪了。虽然是那么一点，但也有了肃静的意思。

万花中的寂静

春节最热闹的几天终于过去了。看着家中的繁花朵朵，一种感激油然而生。

春节是给你买各种花的借口。平日你不是会这样买花的。平日大多只是买一种或者两种，平日买得最多的是百合和玫瑰。这两种花有香味，颜色鲜艳，放在家里就有了生气。但是一到了春节，买花的心情大开，想想今天买了多少种花？桃花肯定是要有的了，还有兰花，兰花也会有几种，今年是买了蝴蝶兰、跳舞兰及君子兰。蝴蝶兰和君子兰每年都会买，今年多买了跳舞兰，跳舞兰的学名叫什么不知道，只是开出的花朵像一个个少女穿着裙子在跳舞。第一次见到这种兰花就非常喜欢。还在外贸摊上买了一束的，那束也很好看。特别喜欢这种兰花的鹅黄色，娇嫩得很，像极了少女，配着这般兰花好看极了。令人马上想起纳兰的词。今年的桃花开得灿烂，桃花一开，蜜蜂就来了。动物很特别，知道自己要找什么东西。家里开了各种花，像水仙，香喷喷的，但蜜蜂都不来，只要桃花一开，蜜蜂就进来了。

家里的花好多都有香味，像百合，但只有水仙的香味我最是喜欢。今年的水仙开得晚。那天晚上坐在沙发上看电视，突然闻到一阵清香，整个人精神一振。当时脑子有点昏昏欲睡，都记不起家里有什么花儿了，从沙发上起来到处寻找，后来就看见亲爱的水仙开花了。立即心情大好。而且今天买了好多头水仙，放在客厅里，整个春节都是香气袭人。

对比起室内的繁花，节日的城市却是无比的寂静。初一因为有朋友来，就想出去买两棵生菜。看到整条街道都是空荡荡的，连流浪猫都不见一只。除夕的晚上出去吃朋友的豪华大餐，还带回来些鱼肉给猫儿，只有平时经常看见的一只短尾的白猫在。初一的上午，小区的各种保安和工人都在排队拿利是，但一只猫都不见。过年了，那些猫儿都去哪里呢？

春节小区照例是摆年桔和桃花，挂灯笼。曾经有北方的朋友邀我去过年，只是怕冷。又想起广州一到春节的满街的鲜花，就走不动了。只是今年没有去逛花市，本来离家不远有个小小的花市，我每年都去那里买花。但今年却不让摆了，说那里已经进驻了几家领事馆。于是只好在楼下的花店有什么就买什么。去花市买花回家不能买大盆的花，记得有一年和朋友去花市，买了好几株兰花，结果逛完花市又去吃东西，又坐车回家，回到家里兰花都掉得差不多了。只剩下一排花蕊，扛在肩膀上，人家以为我买的是染了色的银杏。

芍药是广州春节最普通的年花，几乎年年的路边都摆满了年桔和芍药。芍药好在一个热闹，花色鲜艳，花朵又大，是景区和家里都要摆的花。

今年的广州更是安静得早。记得以往出去吃年饭时叫车都很难，今年却是水静河飞。车子奔驰在马路上，完全可以飞奔。想必是现在的人们日子好了，外乡的人早早就回家过年，不会像以前那样守到年三十才离开。

人走了，但百花齐放。

肌肉的记忆

　　自从做瑜伽拉伤了右手的筋，一年不能运动。就连交了费的健身馆也不去了。一年中，就是去各种按摩，各种艾炙，还是不怎么见效。后来下定决心，找了一个私教，做器械训练。才一个多月，手臂就已经恢复力量了。教练是个80后，完全是个肌肉男，一个月中，不断地跟我灌输关于肌肉的理论。等于我一边做力量训练一边听他的教导。开始他对我的训练有所担忧，因为觉得我年纪大了，怕很难实现他的力量训练。但上了几堂课之后，看见我很轻松地完成他所设定的课程，就感觉到非常意外。后来闲聊中，我说过自己从前从事过体育项目，他就恍然大悟。说，难怪，你的肌肉记忆被唤醒了。

　　真的，经过一段时间的锻炼后，我才知道肌肉真的是有记忆的。有许多动作，我都完成得非常的快，因为以前在球队的素质训练中，都是做过这一类动作。教练就说，通常他训练一个新学员，他们都要上好几节课才掌握动作的要领。而我，基本是一说就知道了，只是力量够不够的问题。所以比常人快了许多。教练说，肌肉是最好的免疫力，果然，恢复训练后，基本就没有感冒过。教练还说，肌肉是最好的脂肪燃烧器。因为我的手臂还没有恢复到正常，所以不能进行手部和上身的训练，只能够做下半身的训练，之前不能穿的牛仔裤，现在起码大腿是可以塞进去了。停止运动一年，体重增加了十斤，于是我就有些着急。但教练一点都不急，老是说，等你的手好了，我们就可以正常进行全身的训练，很快就可以减下来了。重要的事情说三遍，肌肉燃烧脂肪是最快的。

之前做瑜伽，其中一位老师就已经说我肌肉没有力量，而且是属于肌肉力量很容易流失的。即使现在练好了，但是如果一段时间没练，力量也很快流失。当时听了很灰心。但现在也觉得无所谓，反正死马当活马医吧。但终于知道自己为什么练瑜伽练不好，跳那些大妈舞也跳不好。想想自己六岁就开始练游泳，大一点就进篮球队。都是力量型的，所以练技巧的事情就做不好。反而那些从小不训练的师奶，她们的肌肉记忆是空白的，所以她们不论是练瑜伽，再或者是练广场舞，都比我上手快很多。所谓白纸理论。

因祸得福。不是这次受伤，我可能就一直很笨拙地把亲爱的瑜伽练下去。看着身边的师奶突飞猛进，自己却连一个梨式也做不了。想想吧，你能叫姚明去练高低杠吗？我曾经犹抱琵琶半遮面地去什么舞班跟了一会儿，却半天也不知把手放在哪里。我的肌肉在提醒我，亲爱的，你没有做过这个动作。

记忆太强大了。这跟基因一样。存进去了，就无法删除。

事半功倍

陆陆续续练了几年瑜伽。当然不是每天练的那种。有时一个星期去两次，最多的时候是三次。但有很多时候是一次也没有。因为出差了，生病了，或者什么什么的。为什么要选择练瑜伽，而不选择长跑或者骑车还有更多的呢？这里有许多可以一一道来的原因。首先，我一直认为自己天生就是一个瑜伽的练习者。因为我天生的柔软度。记得某位舞者有一次和我交谈，时间长了，我就把腿盘起来坐。她看到大吃一惊。说她自己是练童子功的，练了十几年也没有我的髋骨打得开，跟着她指导我双盘。我毫不费劲地就盘了上去。她激动地几乎跪在我面前。当然我把她阻止了。记得我从小就参加篮球队，队友们给我一个外号，就是"软野"。广州话的意思，就是很软的家伙。我自己喜欢猫，猫就是一很柔软的家伙。所以我常常说，我做瑜伽，肯定不到一年就可以成为瑜伽大师。但是我现在已经非常苦恼地想放弃了，恰恰就是因为自己的柔软。我前后跟过五六个瑜伽老师，她们开始都对我很有信心，但最后还是放弃了我。她们自己也说不清楚，只是觉得这个家伙，怎么就练不出来呢？我自己也很自卑。真的是老了？后来还是这个吴老师有根基，她指出我的问题就在于太过柔软。按她的原话，是异常柔软。她说，你的柔软是许多瑜伽大师要流口水的，这令我想起那位舞者看到我双盘时的表情。但老师又说，但你身体基本是没有力量的，你练力量的过程非常艰难。很多有力量的人练到三级以上，就很难往上升了。因为身体的柔软度是很难练出来的，而你不是。只要你过了力量这一关后，你马上就可以扶摇直上，上到十级。而且你身体的肌肉很容易丢失，刚建立起来，你一不练，之前练的肌肉就马上丢失了。她的一席话，说得我眼泪都要流出来了。难怪我出差一阵子回去练，又觉得很辛苦了。于是我又想起小时候在体校练篮球，最怕力量训练，那时叫素质训练。一到素质训练的时候，我就闪人。打了很多年的篮球，我是一个俯卧撑也做不了。因为我从小就不爱深究，都是靠天分吃饭。所以也没去多想这个问题。现在知道了，是身体知道自己是没有力量的。我的力量和我的柔软是反比的。但是又因为我的柔软和我的运动天分，也没有教练去注意我的力量问题。反而是我在国家队的姐姐注意到我这个问题。所以高中毕业有专业队想调我去时，她特意从北京回来阻止我，说我不合适搞专业的体育运动。瑜伽的吴老师虽然说的是瑜伽，但却勾起我对自己这一生的许多的看法。想想自己这一生，从小父母双亡，自己东突西闪的，全靠的是自己的天分。从来没遇到什么名师，对自己真的是不了解的。瑜伽老师说，你练好了力量，你就事半功倍。想想这一生，自己事半功倍的事例也太多了。还是不想那么多了，先把力量练好吧。

请跟我来

丝绸之路是许多人的梦想。因为那条路上行走着太多的故事，太多的异国风情。很久以前看井上靖的小说，都是西域的梦想，觉得真是好。小说里面的张力和空间很大，让你想象的空间也很大。记得买他的小说买了两次，因为老是要搬家，就弄丢了。

但写他这样的小说也不容易，要有深厚的历史沉淀，然后还要很爱那个地方。说起热爱，日本人真的很热爱敦煌，这次重到敦煌也看到了日本人捐资建的博物馆，一幢灰色的建筑，衬着白色的鸣沙山和土色的莫高窟，很低调。当然，他们早年也在那里搞走了很多东西。像那个最著名的英籍大盗斯坦因一样，从王道士手中骗走了两万多件东西，现在分藏于伦敦的英国博物馆、英国图书馆和印度事务部图书馆，以及印度新德里的印度国立图书馆。

至于那个王道士，对他的评价从来都是褒贬不一。褒者说应该给他立一个碑，表扬他发现了藏经洞，发现了敦煌宝藏。但贬者就说他是卖国贼，把几万件宝贝低价卖给了外国人。王道士没有读过书，很小就去当兵，后来当了道士，七搞八搞地到了敦煌。

我们看了藏经洞，导游给我们指出了当年王道士清理这个洞时沙子埋的方位。我们看到沙子已经都快埋到洞顶了。这时我们就知道，在当时中国这样的情况下，像王道士这样一个没有文化的人，对着这么一大堆宝贝，他能怎么样呢？他卖东西的钱也没有拿去澳门赌，也没有养二奶，还是拿回来修藏经洞，还建了一个大佛。这样的人，如果拿西方的说法，应该是上帝的子民，或者说是佛的子民。他生出来就是为了发现这个宝藏的。没有王道士，敦煌有可能就是两种结果，一就是给沙子埋了，就像楼兰古国一样，或者就是那些经卷都给乡民当柴给烧了。

第一次去敦煌是1994年，看了十几个洞窟。这次重到敦煌，只给看六个，还包括必看的藏经洞和九层楼。但这次看了第259窟，是北魏时期的。这里的禅定佛非常有名，外国游客称她为"东方的蒙娜丽莎"。但其实她的微笑比蒙娜丽莎早了一千多年。而最奇妙的是，当变换电筒的光线角度时，她的矜持的微笑变成了欢喜的大笑。真是太奇妙了。光是看这尊佛像，已经值得到此一行。

这次走丝绸之路，我一路都买瓜果吃。这里的食物和南方相比，非常的饱满，因为日照的缘故，连西红柿、瓜子这些普通的食物，都要比我们那边的好吃，就别说面食了。一路的面食吃起来都带着面的香味。我一路都吃面食，不肯吃大米。他们当地用荞麦和灰豆以及蕨麻做成的甜点，都很好吃，也很健康。这趟丝绸之路，总觉得吃的东西比以前多了，证明这边的人也开始有美食的想法了。记得十五年前走这趟路，吃的东西非常单调，也不好吃。

每一次走丝绸之路，都会有很多收获，但都很辛苦。旅途中看到一些年轻的背包客，晒出来的颜色都是黝黑的。于是想起自己十九年前也是背包客，最后在兰州机场遇见深圳的朋友李兰妮，我喊她，她看了我半天，根本认不出来。她后来对别人说，我当时"像涂了一层黑油"。

汽车经过酒泉，记得上一次经过这里，朋友收到信息，说是迈克杰逊死了。他是迈克的粉丝，当时就在酒泉发射中心的商场买了两盒迈克的带子，25块钱一张，说要放到车上听。我想，迈克九泉下知道有人在丝绸之路听他的曲子，死也安心了。我不是迈克的粉丝，就在那里买了一副水晶眼镜。十九年前买过一副，是男式的。

然后，像歌里唱的："戴着你的水晶眼镜，请跟我来。"

水草丰美的地方

巴音布鲁克在蒙古语里是"水草丰美的地方"的意思；那拉提在蒙古语里是"太阳最早升起的地方"的意思；奎屯在蒙古语里是"寒冷"的意思。

车子一边走着一边听着导游讲关于蒙古人在这片地方的故事，恍惚间已经觉得自己不是在新疆，也一边为成吉思汗感叹。新疆是所有旅行者都向往的地方，一方面是因为它确实如蒙古人所说的是"水草丰美的地方"，另外，它辽阔广大，具有多种美丽的风光，还有很多美丽的传说，这一切都构成了旅行者向往的条件。

巴音布鲁克我早在十八年前就去过了。那时一方面还年轻，另一方面也是经济没有那么宽裕，走的是背包客的路子，飞到乌鲁木齐后，就开始一站站地坐公车。记得到了乌鲁木齐的第一天，我就发烧。然后是坐夜车到伊犁，是深夜路过的赛里木湖。所以赛里木湖长什么样子也不知道。

那次去巴音布鲁克，白天到达的时候，看到非常简陋的房间里放着火炉，一时大为吃惊。晚上被冻得直发抖，真正体现了"日吃西瓜夜抱火炉"的味道。现在的巴音布鲁克还保持着这种景色。我们去看九曲十八弯的时候，一位同事怕冷没有去，后来她说她待在小卖部的屋子里，看见屋子里烧着火炉。

现在的巴音布鲁克，已经不是水草丰美的地方，草原已经沙化，长出沙化的标志——陀陀草了。而十八年前我所见到的那个巴音布鲁克，已经是如美人迟暮，永远一去不复返了。记得当年我站在巴音布鲁克小镇的大街上，看着两边丰美的水草中一顶顶的白色毡房，惊叹是人间仙境。我离开的时候是早晨，炊烟缕缕，牛羊成群，美不胜收。这幅美景我记了十八年，这次去新疆很大的一个原因就是为了再看看巴音布鲁克，见见那个美人。结果真的是错了。美景不再，令人伤感到想起李清照的词。

在去九曲十八弯的途中，见到有五匹马儿在枯萎的草原中挤成一团，于是就过去给马儿拍照，来了一位年轻的巴音布鲁克男子，戴着脸罩。听我说十八年前来过，眼神亮了一下。但听我说十八年前的巴音布鲁克真的是天堂时，他的眼神就黯然了。然后对我点点头，策马扬鞭离去。

九曲十八弯的落日很出名，据说天气好的时候，可以在九曲里拍到九个太阳。结果我们去到最佳的摄影点时，一堆长枪短炮已经架在那里。但是那天因为云层很厚，又时不时有风沙，很快长枪短炮就撤离了。

现在的赛里木湖已经不是仙境了，因为有灰霾，所以根本看不到雪山的倒影，而本来赛里木湖就是以雪山的倒影出名的。

我们在这里看到了天鹅。导游很兴奋地说，天鹅是世界上最忠贞的动物，它从一而终。如果配偶离去，它就孤老终生。这也是它们高贵的品质之一。我在想，这还要两只天鹅才行。如果一只是天鹅，另一只不是，怎么办呢？

蝶　怨

那天阳光灿烂，就和朋友结伴到雪嵩村玩。

丽江的雪嵩村因为一个美籍德国人洛克而大为出名。但没想到那条村子是如此美丽，太美丽了，就如世外桃源。那天天空是湛蓝湛蓝的，村子的墙都是石头砌成，使我想到希腊的小岛，整座村依山而建，自然的布局体现了纳西人的美感。

到了丽江就看到，凡是原来的老村子，都是美丽得令人感叹。而给人一改造，就丑陋不堪。所以当身边的人说雪嵩村也要搞旅游，我就心惊胆跳。因为阳光太美好了，在湛蓝的天空下，我们就沿山而走，到处都是美丽的农舍。我看到一户特别美丽的居所，还以为是客栈，走近一看，原来还是农舍。漂亮的门楼上写着两个字："蝶怨"。

对着这两个龙飞凤舞的大字，一时间全体肃立，几乎都要向它致敬了。太有才了。一个农舍，起这样一个名字，比曹雪芹还要有才。我想要是曹雪芹站在这里，也要脱帽向这两个字致敬。

一般来说，有小才的人只会起"蝶苑"。我们都觉得他很有才了，因为居然想到这个"蝶"字，但这个"苑"和这个"怨"，简直不可同日而语。我站在农舍门口久久不肯离去。我很想认识一下这家人，看看是如何一个藏在深山里的奇人，能想出这样一个不俗的名字。但见这院里的水泥地上晒着金黄的玉米，旁边的格桑花正灿烂地开着。很安静的农舍，很久主人也没有出现。

雪嵩村这个名字也好。"雪嵩"，好，妙。纳西人都很会起名字，都非常有诗意，一副饱读诗书的境界。想想很奇怪，我们这所大学那所大学，又博士又博士后的，还不如人家一个山村来得风流。那肯定也是受了纳西人的美感的影响，想到了"风流"二字用在他们的身上。

纳西的庭院举世闻名，这里的客栈生意好也是因为原来的庭院。我去过山上的一个庭院，美不胜收。过半年再去，居然给他儿子给拆了，说要建客栈。我心痛得都快流泪了，对他说，你建客栈也不用拆这个庭院啊，那个庭院太美了。几棵竹子，就勾出一个美丽的倩影。没有了。主人的儿子也垂头丧气，说很多人都指责他把庭院拆了。纳西人的美感好像是天生的。但其实不是，是传统。也可能是这片天地太美了，所以造就了生活在这里的人的美感。

纳西的农舍是中国最美的农舍，连奢华酒店悦榕庄的建筑，也要向他们学习。但是丽江体育馆的建筑，却让人不敢恭维。大概是请了什么现代设计师，放着自己的建筑不搞，却搞一个丑陋的东西。

"蝶恋"，一个农庄，代表着美丽和诗意。中国发展到这个阶段，要挖掘自己的美了。

更轻，更便捷

　　环法的传奇人物兰斯对自己的骑行人生说了一句话："更轻，更便捷。"这句话看来是对自行车提的要求，但更像是对他和其他人的人生提出的要求。

　　兰斯是全世界喜欢自行车运动的人的偶像，他的传奇的运动生涯诠释了人生中的一个秘密，也是运动的最高境界：一定要坚持。只有坚持了，你才会有所收获。

　　你进行过运动吗？这句话问起来很多人都会笑，谁没有运动过？但我觉得，真的不是很多人运动过。我每次运动的时候，开始的十五分钟都会不断地在脑子里浮现出这样一个问题：真是辛苦。运动并不是一件舒服的事情，因为它要强迫你处在舒服状态的身体去运动起来。

　　对于绝大多数人来说，运动是必需的，特别是在你年轻的时候。想想我自己吧，小学一年级就去越秀山的游泳馆参加训练了。按照现在的说法，是"被游泳"。我记得那时光是在池边练蛙泳腿就练了半天。或者在池子里推着浮板打自由泳腿，也是一打就打半天，实在枯燥得很。后来转去打篮球，训练也是十分枯燥。一个上午，或者一天，就是练传球，练两步半上篮，或者练一个盯人战术，最恐怖的是练素质，完全是超极限的。

　　在这里，也不一一去说。但长大以后，却知道了这些训练对日后人生的帮助，那就是你学会了坚持。有一次和朋友一起去广州的某个体育馆游泳，看到里面的一群小孩子在练跳水，那么小，完全像一只只小蝌蚪，就想起了六岁时的自己。

以前中国人被人叫作"东亚病夫"，我想是因为那时的人抽鸦片烟的形象太过不好。但国人中重视运动的人其实真是不多。我记得小时候参加运动队的时候遭到很多人的嘲笑，说是"四肢发达，头脑简单"。别看现在我们国家在世界大赛中的成绩那么好，但在全民运动这方面，其实是很落后的。我看到一篇文章，一个女研究生到了英国，和导师一起进游泳馆，但她很惭愧，因为她不会游泳。那个导师非常惊讶地说，怎么会呢，中国在国际赛中的游泳项目拿到那么多冠军。我听到很多朋友都在说自己的孩子："哎呀，我这个孩子呀，什么都好，就是运动不好。"运动就应该在少儿的时候开始，不然都老了，再去打个高尔夫球什么的，笑死人了。

有一次回梅县，在公路上远远看到来了一队骑自行车的人，近了一看，全是学生，而且是残疾的。一个女孩子，手腕没有了，断手还是支在自行车的把上。我十分感动，并受到鼓舞。我停下车来向他们致敬。

经常会看到一些含胸的人，这些人年轻时候肯定都是没有去运动的。其实运动除了决心，其他都是很简单的事情，就地取材，像跑步、游泳、打篮球，等等，这些都不需要太好的条件，只要你下决心去运动就行。

经常运动的人都会有这种感受，就是快到极限的时候你非常难受，但你只要坚持了下来，你得到的愉悦是非常大的，是别的东西无法取代的。

还是讲到兰斯的那句话："更轻，更便捷。"这就是运动带给我们的人生。

静月深秋

　　一个月爬了两座名山——长白山和泰山。都是第二次爬。第一次上长白山是在2006年，那年在哈尔滨和成浩拍电视剧《功勋》，十月开始的时候，就想到去长白山看红叶和天池。当时和朋友一起从哈尔滨坐火车去。去长白山的路上，叶子倒也是开始红了，但还只是开始红，花花绿绿的，觉得还好看，重要的是上了天池，天很蓝，看到的天池是宝蓝色的。因为一直都在听说天池很难看到，于是大为满足。

　　这次去长白山是十月中旬，在长春时去了静月潭。没有想到静月潭是如此的美。红叶倒是没有了，当地的人说，因为前几天刚下了一场暴雨，把红叶都打落了。我们看到的是满地的落叶。但落叶自有落叶之美，在地上铺上金黄的一层。但湖边还是有成片的树林不畏风雨，虽然红叶已成黄叶，但也是美得令人心碎。没有想到深秋的美是令人心碎的。树林的金黄色仿佛使天地也安静了下来，四处无声，只有秋天的细语在你耳边回响。在南方是看不到深秋的美的，于是我们自然也缺少了那种心碎之感。偶然有一两根枯枝浮在湖上，一动不动，好像在向你诉说着生命凋谢的无奈。静静的湖水托浮着枯枝，使深秋的湖畔像有几首不同旋律的诗歌在交响，在回荡。

　　东北的深秋，太阳早早下山，下午四点的时光，夕阳已经斜照在白桦林的树梢上，为白桦的树干涂抹上浅浅的黄。深黄、浅黄、金黄，一时间，你的四周布满了油画的色彩。在湖的那一边，月亮已升上了天空，在黄昏时刻的浅蓝色的天空上隐隐约约地现出淡淡的白。黄昏时刻的月亮是淡白色的，和湖对岸的胭脂红的落日交相辉映。这种时候，你居然说不出是淡白的美还是胭脂红的美。天地间被无限的美笼罩着，令人窒息。树林中的羊肠小道铺着干枯的落叶，你的脚踩上去，脚下的落叶发出细碎的声音。如此细碎，像某段爵士乐的开段，又轻又重。

在落叶细碎的指引下，你的心中会响起你熟悉的某段音乐，必定是悠长的、绵绵不绝，停不住的音乐一直在你心中回响。这时你是多爱你心中的这段音乐啊。它其实不是你听过的某段音乐，而是在这个寂静的黄昏心中自然涌出来的美感。像泉水那样涌出，像泉水那样流动。一直涌出你的眼睛，漫延到你的嘴唇。

在音乐的笼罩之下，你觉得似乎是走不出这片金黄色的树林了。于是你靠在一棵白桦树下，身体慢慢停止，透过白桦树的末梢你看到通红的落日，照在你脸上的阳光却是那么温柔。深秋的阳光是温柔的，你深切地感受到了。

在湖边，有人在散步，有人在拍照，有人在细语。但都如幻象。在这深秋的金黄中，一切的行为都在幻象中进行，金黄是一幅巨大的天幕，树林、湖水、夕阳以及淡白的月亮都是它的布景。我们在无意之中，走到了大自然的美不胜收的布景当中。而明天，我们都要回到真实的尘世之中了。

赏花时节

这几天，关于樱花的信息铺天盖地。首先是南沙的朋友就叫去看樱花。电话里说，不用去哪里哪里看樱花了，南沙就有。他说，看完樱花吃河豚。很好的节目。

第一次看樱花是在北京看的。粉红色的樱花，当时看了就想，很普通的花呢。记得第一次去日本，当时领馆叫我自己定时间，我就定了四月。心里就是想着看樱花，但领馆不同意，说是四月去日本的游客太多，于是就九月去。刚好遇上日本的雨季，几乎天天都下雨。什么花也看不到，只是在很多开放的庭院里看到梅花的图画，才知道日本人也是很喜欢梅花的。只是那时梅花已经是中国的国花，他们才转向崇拜樱花。

如果拿梅花和樱花相比，肯定是梅花显得高洁和独特。前几天去了朋友位于广州天麓湖的别墅，院子里有一棵野生的梅花，花朵很小，桃红色，远看很像桃花。我摘了一朵放在手心里，闻了一下，一股香味沁入肺腑。小小的花朵香味如此浓郁，令人心生欢喜。

我住的小区前面有一条路，名为"玉菡路"，这个时候，这条路的绿化带上，都开满了玉兰，有白色的，紫色的，红色的，好漂亮。小时候，第一次看见玉兰花，是在故宫的围墙边。那时就已经为玉兰的美丽而感叹不已，而且白色的玉兰开在红色的宫墙外，可谓经典。那时只见惯了广州的白玉兰，但没想到北方玉兰的花骨朵是如此的肥厚鲜艳。就像南方的美人和北方的美人的区别，各有韵味。

又说到樱花。云南也有樱花。按记载，真正的野樱花是开在喜马拉雅山上的，就像云南的高山杜鹃。后来一些人为了喜欢高山杜鹃，竟把它移植下来种，但很快就枯死了。在昆明就见过樱花，但比日本和我们现在所见的都要粗壮很多。花朵密密地挤在一起，颜色也比平常的樱花要鲜艳。论妖媚，肯定是不如现在人们喜欢的樱花，现在大家喜欢的樱花都是粉嘟嘟的，而且树形漂亮，适合于观赏。

但论节气，肯定还是梅花。看古代多少文人雅士咏梅，也没见过他们去咏樱。樱花的花期太过短暂，使人赞赏之余不免哀伤。日本这个民族如此强悍，但又狂热于樱花的弱美，反差真是太大。

前些日子朋友发照片到朋友圈，看到商人们在丽江的玉龙雪山下种了好多梅花。艳红的梅花衬着白茫茫的雪山，像假的风景一样。那片地方，原来就是高原。第一次去的时候，开满高原的不知名的小花，非常漂亮。最近一次去，就看见那些不知所谓的商人种了菊花和向日葵，惹了好多游人在照相。现在又改种梅花了。他们怎么会知道原始之美呢？心痛。

像广州的木棉一样，老木棉特别漂亮。因为它的树干的姿态特别美，而移植的红棉因为树干被修剪了就呆如木鸡。偶尔会在高架路上看到某片老宅突然伸出一树红棉，那姿态，和怒放的花朵，深深激励了我，精神为之一振。

花朵，也是有英气的。

火龙果的春天

下了十天的豪雨。出发的时候，天晴了。大家欣喜若狂，好像是从来没有见过晴天一样，连从云缝透出来的一缕阳光也会用相机把它拍下。

泡完了温泉，众人就开始商量去哪里吃午饭。说实在话，在这种春天的日子里，空气清新，万物生长，只要在郊外，哪里都是好的，真不想离开。后来就有人提议，去大丘庄园吧。车子顺着清澈的流溪河往前走，阳光明媚，惠风和畅，让我们都感觉到生活的美好。一路上有不少农庄，路上也见到许多火龙果园区。到了大丘庄园，才知道这个庄园也是以种植火龙果为主业。原来的庄主是台湾人，是火龙果种植的引进人。走入园区，可处处见到主人的精心。除了火龙果，园区里面还种植了大量的花木。这个时节，最美丽的应当是禾雀花。在一个巨大的禾雀花棚下，绿色、紫色、白色的禾雀花争先开放，惹得无数游人纷纷留影。还有盛开的米碎花、桂花、米兰、杜鹃，各种植物欣欣向荣。小径的路灯和挂饰别有心裁，一盏橘黄色的风灯挂在火龙果树上，证明了主人的品味。只是听说主人已经仙逝，留下这一片美丽的庄园供人们凭吊。

同伴在附近有自己的别墅，小小的花园也种有火龙果。她说她当年就是从这个园主手里买的火龙果苗，现在已经长大结果。她说园主在的时候，她们经常来喝茶，好客的园主会给她们递上新鲜的火龙果，再泡上新茶，再让她们欣赏新购买的画。

从化现在除了温泉，还有很多的各种各样的农庄。但像大丘那样精心布置的农庄还是少。大多的农庄都是原生态，没有园主自己的意念。结果大部分农庄都是一样的，毫无新意。大丘能把自己对自然的欢欣结合在园艺中，真很难得。一个人，要花多少心血才能把一片荒凉的土地变成一个大自然的乐园，个中艰辛不是我们能知道的。如果中国的农村都能像大丘一样，诗化，美化，那我们的农村，又怎么会空心？真希望全中国人民都来参观大丘，参观她的雅致、环保和诗意。在我们小的时候，农村是充满了诗意的地方。有那么多唐诗宋词去歌颂她，赞美她。可是我们长大后见到的农村，是贫脊和粗鄙的，污水横流，乡村的诗意已荡然无存。所有的人都涌向城市，鲜有人热爱自己的家乡，连门前的地都懒得去扫。但是，真的是因为贫穷吗？这里有一个巨大的命题。为什么年轻人都不愿意回去建设自己的家乡？在我所游历过的地方，印度和中国的乡村是最脏的。两个文明古国。但一个台湾人，也是我们中国人，却建立了一个模范，并把自己的生命献给了这个园区。在大丘，我们处处感觉到主人对这片土地的热爱。

接替他的人，据说是个本土的年轻人。他也接替了这份热爱吗？

苏堤夜雨

印象中，杭州西湖总是走不完的。已经去过十几次，但总觉得每次遇到的都是新的西湖。这就是西湖的魅力所在。

每次到西湖，住在岳庙旁边的华北饭店。这个名字使我想起广州从前的华北饭店，在中山五路上，以做饺子出名，现在已经拆了。去华北饭店的路上，司机是个很帅的男孩，一路上跟我们说杭州有啥好吃的。而在我的记忆当中，好吃的就是西湖醋鱼。于是到了华北饭店，我们马上去餐厅吃饭，点了西湖醋鱼。果然是好饭店，醋鱼做得和楼外楼一样好。

天只是一直地下雨。再加上杭州马上要举行什么国际会议，西湖边上都在挖路，湖边还有护栏挡着，我们夜晚出去，想趁着夜色走走苏堤。一出饭店的大门就闻到浓郁的花香。我抬头看看，花香是从高大的树上散出来的。原来是樟树开花了。记得前两年去广东某个地方开会，晚上出来散步的时候，也闻到樟树开花的香气。

走到苏堤，香气依然撩绕。除了香樟的香气，空气里还散发着其它的花香。好像是玫瑰，也好像是栀子花。夜幕很重，我们六人坐在一座亭子里避雨，看到岸边有垂柳，大家都用手机拍这棵苏堤的垂柳，屏面上显现出来的很像一幅浓重的水墨画。

都说春天的西湖最美。到了白天，看到的西湖确实漂亮，烟雨蒙蒙。塔影和树影，还有曲桥，交相辉映着。沿着湖边散步，看到武松墓，苏小小墓。苏小小墓在西湖边上很合适，但武松墓在西湖边上让人有点诧异。中国这么大，西湖能独占鳌头就很令人敬佩。见过那么多湖，如昆明的天池、大理的洱海、江苏的太湖、西藏的纳木错等等，还就是西湖最为动人，百看不厌。

因为下雨，倒是少了很多游客。但湖边还是一队队打着伞的队伍。大概都是希望在这个最美丽的季节里看上西湖一眼。和以往看见的西湖相比，这次的西湖处处开着玫瑰，在湖边，一丛丛地怒放着。衬着湖水，娇艳得很。于是想起传说中的弘一法师，在这个美丽的湖上与千里迢迢从日本过来的妻子诀别，妻子悲怨地问他：你对世人慈悲，为何不对我慈悲。我想弘一法师肯定也无法对答。

站在夜晚的苏堤，脑海里涌现出许多有关苏堤的名士与名句，鼻中也满是花香。我又忆起几年前在兰州，也是这个四月天，住在一所牡丹盛开的园子里，闻着牡丹的浓香入睡。这样的人生，也是满足了。

邮轮上的鸟人

　　这次坐邮轮，感觉非常奇葩。之前是不想去的，但因为原来要去的朋友改去伊朗，结果就凑数去了。这次坐的邮轮不单是比之前的邮轮小了近一倍，去年坐的邮轮是大西洋邮轮公司13万多吨的"航行者号"，而且是2010年建造的，非常豪华。大西洋邮轮公司是美国的。这次坐的是7万多吨的意大利"哥诗达"邮轮公司的"维多利亚"号，是上世纪九十年代建造的，前几年翻新过。因为船小，唯一的好处就是这次在"海港城"码头上船，正对着维多利亚港的美丽景色。刚好是雨季，整个港口和一系列著名地标都覆盖着形状不一的流动的雾团，看上去十分梦幻。旅客上船之后还没有开船，还要有救生演习。所以很多乘客都在11层的甲板上对着美丽的维多利亚港猛拍。

　　这次船上的乘客是清一色的中国乘客，而且基本都是各地来的中国大妈。之前对中国大妈风闻已久，这次近距离接触，主要的感概就是她们是如此地相同。高矮肥瘦，穿衣服的风格，如果说还有风格二字的话。一群大妈走过来，你就会想到我们可爱的祖国。我也是非常地敬佩意大利人，他们是如此飞快地适应中国市场。在自助餐厅里，你可以听到侍应不断微笑地说："慢慢来，排队。"

　　在卖奢侈品的五层，中间的广场上一个金发女郎正在带领着大妈跳"中国风"，太令人惊讶了。在最后的欢送晚餐会上，上次我们听到的是全体船员出来用意大利语唱"我的太阳"。而这次则是"小苹果"，哈哈，伟大的意大利人。

　　像上次的邮轮一样，每天的活动表都会派到你的房间。第二天，我看到晚上有电影《鸟人》。这部电影虽然有点旧，但不算很旧。我之前是在家里自己看碟的，这次来正好看看大银幕，于是就去看了。电影之前是一次火辣辣的意大利歌舞，船尾的表演厅里挤满了兴高采烈的大妈们。她们即使是晚上看表演，也是穿得花花绿绿像是去跳广场舞的装束。上次坐邮轮，还可以看到不少人为晚上的西餐和表演穿上礼服，化好妆。但这次基本是无人穿得像样。一大堆闹哄哄的人看完表演也不走，等着看电影。我想这只船的老板肯定也是一名文青，不然怎么会放"鸟人"这样的电影？只是难为了大妈们。果然电影开放不久，大妈们一个个离场，到散场时只剩下十几人了。

船刚刚离开香港海域的时候，泳池里面的水有些冷。但到了冲绳，反而水温就升高了，我看到有不少人开始游泳。在泡泡池里，我和一位女姓聊天，她说自己是顺德碧桂园的，她们是一班碧桂园的业主约了一起出来坐邮轮。

这次邮轮改变了规矩，上岸你要是想去参加游玩就得交费。于是我们几个就选择了自由行，打出租车到市里吃鱼生。出租车并没有想象的那么贵，都是在几十人民币以内。而且吃鱼生的地方也有中国的服务生。看来冲绳也被这些游轮热变得会做生意了。

最后一天的下午，许多乘客都聚集在11层的甲板上，看着一位健美的晒得皮肤黝黑的帅哥领着笑容满面的大妈们跳操，不少大妈拿出手机和领跳的帅哥合照。"小苹果"的音乐再次响起，越过蒙蒙细雨，飘向对岸的维多利亚港。

标 杆

这几天看到的都是关于杨绛先生的各种纪念和评价。我是喜欢她的文字的。近几年来，闲书买了不少，但真正文学上的书，只买过她的全集。当然主要是杨先生的全集不是太多，还真的觉得好看，文字干净。因这几天各种媒体铺天盖地地回忆和宣传，又好像没有什么太新的东西。钱先生与杨先生两人，又不是明星，一生简简单单，到老了更是深居简出，只一门心思做学问。对于他们来说，有那么多的学问要做，时间太宝贵了。如果说羡慕，我就真的羡慕他们这一点。想起好些年前巴金去世，我写文章说，一个人，一恋爱就找到真爱，一工作就找到真理，这有多大的福气啊。不像我们这些凡人，弯弯曲曲，找来找去，很多人死了，都找不到真爱，找不到真理。

对于人生，最大的磨难不是吃苦，而是彷徨。你看看那些找到了自己理想的人，受刑、杀头都不怕。因为他的心坚硬着。而钱先生和杨先生，很年轻就找对了人生之路和爱情，还有多大的苦难他们不能挨过去了呢。即使他们在干校洗厕所，也能洗出一朵花出来，这是多么安静的心灵。当然，人生还会有很多的琐事，毕竟还是一个家庭，吃喝拉撒的，这点杨先生肯定是强大的。守着这样一个伟大的丈夫，也没有成为中国大妈，满街去跳广场舞，或像疯了一样去穷游。还是那句话，找对了，就是重要的。

看到有人在说，这个标杆实在是太高了。你们没有人家的出身，没有人家的学养，不好比。当然，这样的说法也是对的。中国有句老话，人比人，气死人。即使你一门心思要学，把四库全书搬进屋里，把手饰都扔掉，但你的命就不是这个命。你下了决心，你那口子却天天看《欢乐颂》，怎么办？

　　记得某明星的丈夫提出离婚，说对方不让他看电视，不让他看报纸，说全是垃圾。首先，我为这个明星感到吃惊，因为她是流行乐坛的主，居然不肯看电视。反而她的丈夫我一直认为是另类的，有文化情结的，却要看一些垃圾东西。很难得俩个人的步调如此一致，我觉得这也是他们有成就的一个重要的前提。大家不用为一些生活上东西而操心，这样才有这么多的时间和精力去从事他们认为重要的工作。所以，这个标杆高就高在这里，至于智力的问题，还不是首要的问题。看杨先生的文集，她很早就看清世事，看到她评论她的姑姑——著名的女校长杨校长，结局悲惨。但她一点也不同情她，反而是看不起的。其中的评论你就可以看出来杨先生早就心如明镜。她的内心太强大了，所以钱先生先走，女儿先走，她认为都是好事。因为那两个人比她要脆弱。如果她先走，对于另外的两个人都是无法支撑的。而命运之神也如她所愿，最后由她来"打扫战场"。一个大才女，身上的事情又处理得如此干净。杨绛先生，真是女中豪杰！

一个艺术家的时间简史

  翻看梁光泽的画册，一张张画面，倾注了画家对大自然的热爱。人生七十，在历史长河中，是短暂的，但对于一个画家来说，这七十年是漫长的。人生所有的曲折以及对艺术的渴望都渗透于这七十年的一笔一划之中。

  认识光泽是上个世纪的八十年代。那个年代在当代史上享有盛誉是因为激情和思想。而在那个激情飞扬和思想活跃的年代，我们各自都找到了一个可以寄托才华的地方。当时我刚去了广东人民出版社的《美与生活》杂志，几个同仁，都是从不同的地方汇聚在一起的。当时梁光泽是我们杂志的特约编辑，我在主编谢凡的介绍下认识了他。当时记得是去他的玉华坊的家中商量杂志的稿件。他的那个家很有特点，在玉华坊的老楼的顶层，一条只容一人行走的弯弯曲曲的楼梯，很陡。当时他家中充满了书卷气，厚厚的画册到处都是，露台种满了花草，还有一只叫做"啦啦"的大波斯猫。梁光泽非常博学，于是我们几人常常在他的家中谈古论今，非常快乐，一种属于八十年代的快乐。

  很快，他和他的七个挚友一起合办了"麓湖派"的油画展，至今还保留着当时的一张合照。他们个个意气风发地站在一张大画面前，脸上铺满阳光，铺满麓湖的清新和柔情。再往下走，各自是写作的写作，画画的画画。庆幸的是，都能在自己所热爱的艺术中徜徉。

  这三十年，梁光泽没有离开过他的油画，无论是风景、人物，还是静物，画展不断。直至最近的留耕堂戏曲人物展。一步步而来，让我们看到了一个画家对他所认知的世界和风景的展示。

艺术是人类对这个物质世界的认识，这个世界，无论科技发展到什么地步，艺术是唯一的，也是永恒的，这是我们的共识。如何把自己的认识通过艺术表面出来，这是艺术家的天赋，也是艺术家的任务。

作为梁光泽三十多年的朋友，我敬佩他有一颗强大的内心。无论是在玉华坊，还是在南奥，或者是在市桥的画室。无论是艺术青年，还是文史馆员、政协委员、人大代表，他都是一如既往。不受物质生活诱惑，不追潮流，永远乐观，永远有幽默感。很少见他有情绪低落的时候，在这点上，他真像一只阿尔法狗。

艺术的本质就是发现美。我们喜欢和艺术家交往，就是因为他们都善于发现生活中别人发现不了的美。这样，生活就会变得有趣和优雅。而有趣和优雅的生活也会大大提高我们的生活质量。

通过梁光泽的画作，我们欣赏到了生活中我们看不到的美，树林中的一绺阳光、湖边的清晨、旷野中的向日葵、花瓶中的玫瑰、京戏里的青衣……

一张张画作，构成了艺术家个人的时间简史。时光飞逝，但艺术家与他拥有的美好艺术将永恒。

张梅艺术年表

1985年，任广东人民出版社《美与生活》杂志编辑。这本杂志为生活类杂志，在上世纪八十年代推广新的生活方式。当时出版社的办公地址在广州市大沙头四马路10号。社长是岑桑，杂志的主编是谢凡。

1986年，调往出版社的另一本杂志《希望》。这本杂志是青年类杂志，在当时很有影响。当时杂志的主任是张雄辉，副主任是朱仲南，美术编辑是张永齐。

在出版社期间，开始文学作品创作，中篇小说《殊途同归》、散文《给我未来的孩子》都是这段时间创作和发表。在文坛和社会上都引起反响，并先后出版了好几本小说集和散文集。

1992年，加入中国作家协会。

1993年，散文集《千面人生》和短篇小说集《赴爸爸的婚宴》分别由广东人民出版社和花城出版社出版。

1994年，由广东人民出版社调入广州市文学创作研究所，为专业作家。时任所长为徐启文。

1995年，中短篇小说集《酒后的爱情观》由作家出版社出版。

1995年，上海人民出版社出版我的散文集《此种风情谁解》。

这两年，在《钟山》《花城》《人民文学》《收获》《上海文学》等重要文学期刊发表多篇中短篇小说，并经常参加由市委宣传部文艺处组织的新疆、内蒙等地采风活动。

1996年，散文集《此种风情谁解》由上海人民出版社组织在上海进行签名售书活动。

1996年，散文集《此物最伤情》由山东人民出版社出版。

1997年，担任《广州文艺》杂志主编。

1997年，散文集《木屐声声》由陕西旅游出版社和经济日报出版社联合出版。

1997年，担任第九届广州市政协委员。

1998年，参加中国作协组织的文学杂志主编欧洲访问团赴欧洲五国访问交流。

1999年，长篇小说《破碎的激情》由上海文艺出版社出版，同年，由广州市文联和中国作协在北京举办这本小说的研讨会。

2000年，被日本政府文化交流基金会邀请到日本进行交流访问。

2000年，中短篇小说集《随风飘荡的日子》由天津百花文艺出版社出版。

2000年，小说集《女人、游戏、下午茶》和散文集《暗香浮动》由云南人民出版社出版。

2000年，长篇小说《破碎的激情》被评为"中国小说50强"，并由时代文艺出版社推出"中国小说50强"版本。

2001年，参与编剧的电视剧《非常公民》播出。

2002年，到北京鲁迅文学院参加第一届中青年作家高研班。

2002年，担任第十届广州市政协委员。

2003年，参与编剧的电影《周渔的火车》在全国上映，并创下文艺片的最好票房。

2003年，担任广州市文学创作研究所所长。

2003年，荣获第九届庄重文文学奖，并在人民大会堂接受颁奖。这是庄重文文学奖隔了8年之后的重新颁奖，并由之前的地区奖第一次成为全国奖。

2003年，取得文学创作一级职称。

2003年，长篇小说《破碎的激情》获第二届中国女性文学奖。

2004年，受英国领事馆邀请，参加"中英作家列车文学之旅"，并在同年由上海文艺出版社出版文学作品合集《灵感之路》。

2004年，到中央党校参加全国文艺骨干培训班.

2005年，参与编剧的电视连续剧《大江沉重》播出，并获第24届金鹰奖。

2005年，长篇小说《游戏太太团》由作家出版社出版。

2006年，主编的广州作家散文集《广州记忆》出版。

2006年，参加广州市政府与俄罗斯友好城市访问团。

2006年，长篇小说《破碎的激情》获广东省第七届"鲁迅文艺奖"。

2006年，到北京参加第七届全国作代会。

2007年，担任广州市政协第十一届政协委员。

2007年，由我主编的《广州文学大观》出版。

2008年，参加创作的报告文学集《超越新闻》出版，并获第七届广东省"五个一工程奖"。

2009年，《张梅自选集》由花城出版社出版，并于同年在花园酒店举办了首发式。

2009年11月，担任广州文学艺术创作研究院院长，此院由早前的广州市文艺研究所和广州市文学创作研究所合并，归文广新局主管。

2010年，担任副主编的反映广州市援建汶川建设的报告文学集《废墟上的神话》出版，为了完成政府的这个任务，和作者先后四次到汶川进行采访。

2011年，接受统战部的工作，担任副主编，组织采访和创作"第16届广州亚运会"的报告文学，同年，《运动员村的故事》出版。

2011年代表广州市作家参加在北京举行的第八届全国作代会。

2012年，接受文广新局的任务，担任主编，组织采访创作反映"中国第九届艺术节"的报告文学《九色的彩虹》，并由广州出版社出版。

2012年，担任第十二届广州市政协委员。

2013年，主编的《辛亥革命中的女性群像》出版，并在广州图书馆举办了首发式。

2013年，在广东省第八次作代会上，被选举广东省作家协会副主席。

2014年，广州文学艺术创作研究院四位作家的合著《城的四重奏》由花城出版社出版，我为其中之一，并在广州购书中心举办了首发式。

2015年，散文集《我所依恋的广州》由花城出版社出版发行，并于同年五月在广州购书中心举办了首发式。

2016年，散文集《天空透明地蓝》由羊城晚报出版社出版。

2016年，《张梅张欣文学作品评论集》由羊城晚报出版社出版。

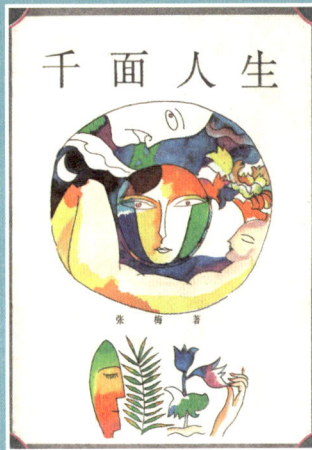

千面人生

张 梅 著

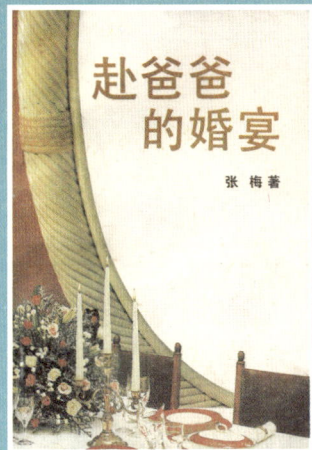

赴爸爸
的婚宴

张 梅 著

《周末伴侣》丛书

此物最伤情

张
梅
著

山东人民出版社

张
梅
著

CIZHONG FENGQING SHUIJIE

此种风情谁解

上海人民出版社

酒后的爱情观

张
梅
著

酒后的爱情观

作家出版社

酒后的爱情观

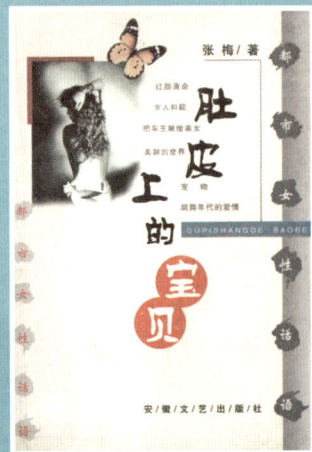

张 梅／著

肚皮上的宝贝

DUPISHANGDE BAOBE

安徽文艺出版社

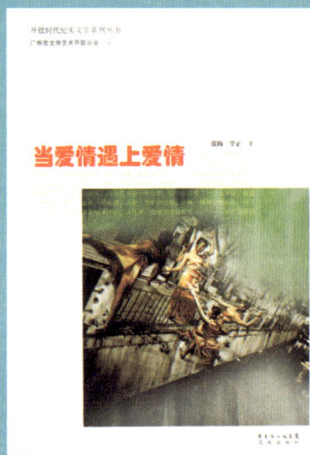

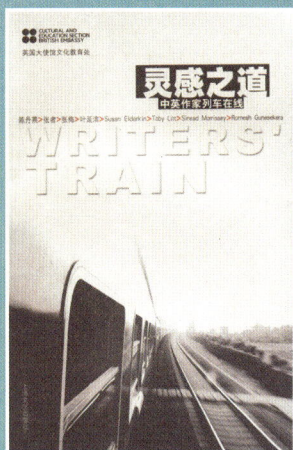

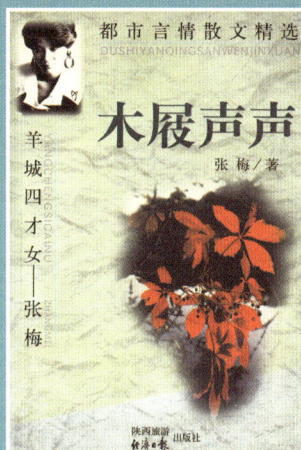

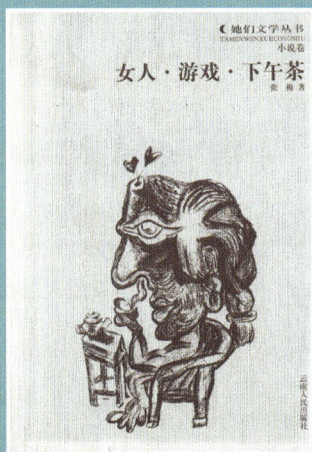

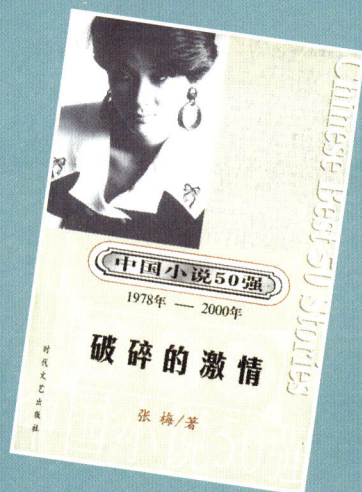

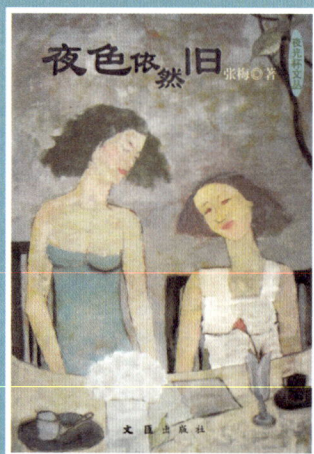

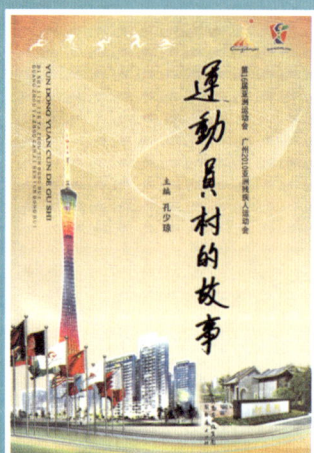

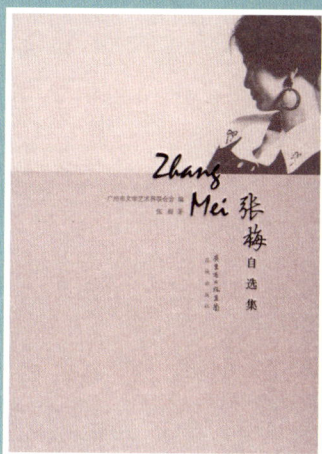

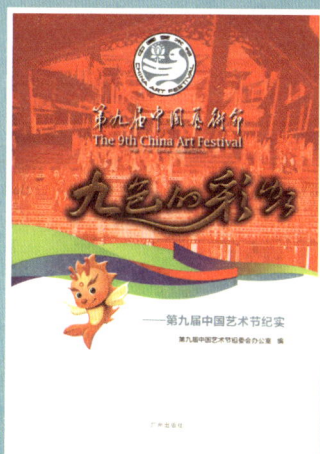

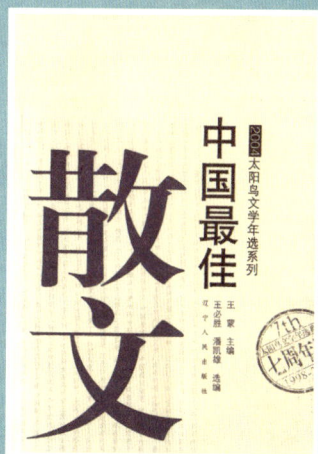

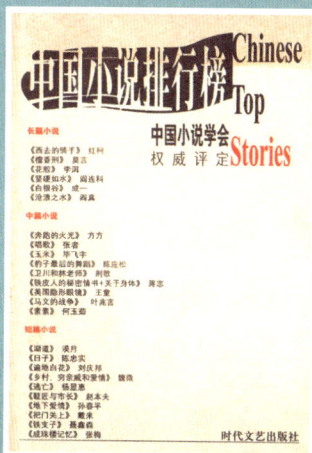